Giovanni Verga

Vagabondaggio (1887)

© 2023 Culturea Editions

Texte et illustration de couverture : © domaine public
Edition : Culturea (Hérault, 34)
Contact : infos@culturea.fr
Retrouvez notre catalogue sur http://culturea.fr
Imprimé en Allemagne par Books on Demand
Design typographique : Derek Murphy
Layout : Reedsy (https://reedsy.com/)

Dépôt légal : janvier 2023
Tous droits réservés pour tous pays

ISBN : 9791041841509

VAGABONDAGGIO

Nanni Lasca, da ragazzo, non si rammentava altro: suo padre, compare Cosimo, che tirava la fune della chiatta, sul Simeto, con Mangialerba, Ventura e l'Orbo; e lui a stendere la mano per riscuotere il pedaggio. Passavano carri, passavano vetturali, passava gente a piedi e a cavallo d'ogni paese, e se ne andavano pel mondo, di qua e di là del fiume.

Prima compare Cosimo aveva fatto il lettighiere. E Nanni aveva accompagnato il babbo nei suoi viaggi, per strade e sentieri, sempre coll'allegro scampanellìo delle mule negli orecchi. Ma una volta, la vigilia di Natale - giorno segnalato - tornato a Licodia colla lettiga vuota, compare Cosimo trovò al Biviere la notizia che sua moglie stava per partorire. - Comare Menica stavolta vi fa una bella bambina, - gli dicevano tutti all'osteria. E lui, contento come una Pasqua, si affrettava ad attaccare i muli per arrivare a casa prima di sera. Il baio, birbante, che lo guardava di mal'occhio, per certe perticate che se l'era legate al dito, come lo vide spensierato, che si chinava ad affibiargli il sottopancia canterellando, affilò le orecchie a tradimento - jjj! - e gli assestò un calcio secco.

Nanni era rimasto nella stalla, a scopare quel po' d'orzo rimasto in fondo alla mangiatoia. Al vedere il babbo lungo disteso nell'aia, che si teneva il ginocchio colle due mani, e aveva la faccia bianca come un morto, volle mettersi a strillare. Ma compare Cosimo balbettava: - Va' a pigliare dell'acqua fresca, piuttosto. Va' a chiamare lo zio Carmine, che mi aiuti -. Accorse il ragazzo dell'osteria col fiato ai denti.

- O ch'è stato, compare Cosimo? - Niente, Misciu. Ho paura di aver la gamba rotta. Va' a chiamare il tuo padrone piuttosto, che mi aiuti -.

Lo zio Carmine andava in bestia ogni volta che lo chiamavano: - Che c'è? Cos'è successo? Non mi lasciano stare un momento, santo diavolone! - Finalmente comparve sulla porta, sbadigliando, col cappuccio sino agli occhi.- Cos'è stato? Ora che volete? Lasciate fare a me, compare Cosimo -.

Il poveraccio lasciava fare, colla gamba ciondoloni, come se non fosse stata più roba sua. - Questa è roba della Gagliana, - conchiuse lo zio Carmine, posandolo di nuovo in terra adagio adagio. Allora compare Cosimo sbigottì, e si abbandonò sul ciglione, stralunato.

- Sta' zitto, malannaggia! che gli fai la jettatura, a tuo padre! - esclamò lo zio Carmine, seccato dal piagnucolare che faceva Nanni, seduto sulle calcagna.

Cadeva la sera, smorta, in un gran silenzio. Poi si udirono lontano le chiese di Francofonte, che scampanavano.

- La bella vigilia di Natale che mi mandò Domeneddio! - balbettò compare Cosimo, colla lingua grossa dallo spasimo.

- Sentite, amico mio, - disse infine lo zio Carmine, che sentiva l'umidità del Biviere penetrargli nelle ossa. - Qui non possiamo farvi nulla. Per muovervi di come siete adesso, ci vorrebbe un paio di buoi.

- Che mi lasciate così, in mezzo alla strada? - si mise a lamentarsi compare Cosimo.

- No, no, siamo cristiani, compare Cosimo. Bisogna aspettare lo zio Mommu per darci una mano. Intanto vi manderò un fascio di fieno, e anche la coperta della mula, se volete. Il fresco della sera è traditore, qui nel lago, amico mio. Tredici anni che compro medicine!

- Ha la malaria nella testa il padrone, - disse poi Misciu, il ragazzo della stalla, tornando col fieno e la coperta. - Non fa altro che dormire, tutto il giorno -.

Intanto sopra i monti spuntava la prima stella; poi un'altra, poi un'altra. Compare Cosimo, sudando freddo, col naso in aria, le contava ad una ad una, e tornava a lamentarsi:

- Che non giunge mai compare Mommu? Che mi lasciate qui stanotte, cristiani?

- Tornerà, tornerà, non dubitate, - rispondeva Misciu accoccolato su di un sasso, col mento nelle mani.

- È andato a caccia pel Biviere. Alle volte passano mesi e settimane senza che lo veda anima viva. Ma ora ch'è Natale deve venire per prendere la sua roba -.

E il ragazzo, mentre ciaramellava, s'andava appisolando anche lui, col mento sulle mani, raggomitolato nei suoi cenci.

- Viene di notte, viene di giorno, secondo va la caccia. Quando si mette alla posta delle anatre, lo zio Carmine gli lascia la chiave sotto l'uscio. Poi dorme di giorno, o va a vendere la selvaggina di qua e di là; ma la sua roba l'ha sempre qui, nella stalla, appesa al capezzale: il cavicchio pel fucile, il cavicchio per la carniera, ogni cosa al suo posto. Tanti anni che sta qui. Lo zio Carmine dice ch'era ancora giovane... -

Quando compare Cosimo tornava a lamentarsi, il ragazzo trasaliva, quasi lo svegliassero, e poi tornava a borbottare, come in sogno. Nanni, stanco di singhiozzare, sbarrava gli occhi nel buio. Tutt'a un tratto scappò una gallinella, schiamazzando.

- O zio Mommu! - si mise a chiamare Nanni ad alta voce. Dopo si spandeva un gran silenzio, nella notte.

- Sono io! - disse infine Misciu. - Non risponde per non spaventar le anatre. Poi ci ha fatta l'abitudine, a quella vita, e non parla mai -.

Però si udiva già il fruscìo dei giunchi secchi, e il tonfo degli scarponi dello zio Mommu, che sfangava nel greto.

- Qua, zio Mommu! C'è compare Cosimo che gli è successo un accidente -.

Lo zio Mommu stava a guardare, al barlume che faceva la lanterna di compare Carmine, tutto intirizzito e battendo le palpebre, con quel naso a becco di jettatore. Poi sollevarono il lettighiere al modo che diceva lo zio Carmine, uno sotto le ascelle e l'altro pei piedi.

- Cristo! come vi pesano le ossa, compare Cosimo! - sbuffava l'oste, per fargli animo con qualche barzelletta. E lo zio Mommu, mingherlino, barellava davvero come un ubbriaco, sotto quel peso.

- Ah, che vigilia di Natale mi ha mandato Domeneddio! - tornava a dire compare Cosimo, steso alfine nello strapunto come un morto.

- Non ci pensate, compare Cosimo, che ora la Gagliana vi guarisce in un batter d'occhio. Bisogna andare a chiamarla, compare Mommu, nel tempo stesso che andate a Lentini per vendere la vostra roba -.

Il vecchietto acconsentì con un cenno del capo, e mentre si preparava a partire, legandosi in testa il fazzoletto, e assettandosi la bisaccia in spalla, l'oste continuava:

- È meglio di un cerusico la Gagliana! Vedrete che vi guarirà in meno di dire un'avemaria. State allegro, compare Cosimo; e se non avete bisogno d'altro, vado a far la vigilia di Natale anch'io con quei quattro maccheroni.

- E tu che non vuoi mangiare un boccone? - chiese il lettighiere, voltandosi al suo ragazzo che non si moveva di lì, smorto, colle mani in tasca, e il viso sudicio dal piangere che aveva fatto.

- No, - rispose Nanni. - No, non ho più fame -.

- Povero figlio mio! che vigilia di Natale è venuta anche per te! -.

La Gagliana venne a giorno fatto, che lo zio Cosimo aveva il viso acceso e la gamba gonfia come un otre, talché bisognò tagliargli le brache per cavargliele, mentre la Gagliana, per modestia, si voltava dall'altra parte, cogli occhi bassi, preparando intanto ogni cosa lesta lesta: bende, stecche, empiastri, con certe erbe miracolose che sapeva lei. Poi si mise a tirare la gamba come un boia. Da principio compare Cosimo non diceva nulla, sudando a grosse gocce, e ansimando quasi facesse una gran fatica. Ma poi, tutt'un tratto, gli scappò un grande urlo, che fece drizzare a tutti i capelli in testa.

- Lasciatelo gridare, che gli fa bene! -

Compare Cosimo faceva proprio come una bestia quando le si dà il fuoco. Talché lo zio Carmine s'era alzato per vedere anche lui coi suoi occhioni assonnati. E Nanni strillava che pareva l'ammazzassero.

- Sembrate un ragazzo, compare Cosimo, - gli diceva l'oste. - Non vi hanno detto di star tranquillo? Foste in mano di qualche cerusico, pazienza!

- Stava fresco, Dio liberi! - saltò su la vecchia, come se l'avessero punta. - Per lo meno gli avrebbero tagliata la gamba a questo poveretto. Io non ho mai tagliato neppure un pelo in vita mia, grazie a Dio! Tutta grazia che mi dà il Signore! Ora state tranquillo, compare Cosimo, che non avete più bisogno di nulla -.

Ella sputava sul ginocchio enfiato l'empiastro che andava masticando; metteva le stecche e stringeva forte le bende, senza badare agli - ohi! - ciarlando sempre come una gazza. E quand'ebbe terminato si nettò le mani nella criniera ispida e grigia, che le faceva come una cuffia sporca sulla testa.

- Sembra un diavolo quella strega! - ammiccava l'oste allo zio Mommu, il quale stava a guardare col naso malinconico, seduto sullo strapunto, le gambe penzoloni, e sgretolando a poco a poco il suo pane nero.

Lo zio Cosimo s'era lasciato andare di nuovo supino, col viso stralunato e lucente di sudore, accarezzando colla mano il suo ragazzo, e balbettando che non era nulla.

- Ora chi mi paga? - domandò infine la Gagliana.

- Non dubitate, che sarete pagata, - rispose il poveraccio più morto che vivo. - Venderò il mulo, se così vorrà Dio, e vi pagherò, sorella mia! -

Com'era un bel giorno di Natale, col sole che veniva fin dentro la stalla, e le galline pure, a beccare qualche briciola di pane, la gente che era stata a sentir messa a Primosole si fermava a bere un sorso a metà strada, vedendo compare Cosimo sul paglericcio dello stallatico, volevano sapere il come ed il perché. Poi davano un'occhiata ai muli in fondo alla stalla. L'oste li faceva vedere, fiutando la senseria:

- Belle e buone bestie! Quiete come il pane! Un affare d'oro per chi le compra, se compare Cosimo, Dio liberi, rimane storpio -.

Il baio voltava indietro il capo come se capisse, colla sua boccata di fieno in aria.

- No, no, ancora non sono in questo stato! - lagnavasi compare Cosimo dal fondo del suo giaciglio.

- Diciamo così per dire, compare Cosimo, state tranquillo. Nessuno vi vuol toccare la roba vostra, se non volete voi. Qui c'è paglia e fieno per i vostri muli, e potete tenerceli cent'anni -.

Lo sventurato pensava a quello che si sarebbero mangiati i muli, di fieno e di stallaggio, e lamentavasi:

- Stavolta non gliela faccio più la dote per la mia bambina che mi è nata adesso!

- Ora gli si manda la notizia, a vostra moglie. La prima volta che lo zio Mommu andrà a Licodia per vendere la sua roba -.

Così lo zio Mommu portò la brutta notizia alla moglie di compare Cosimo, masticando le parole, e dondolandosi ora su di una gamba e ora sull'altra, che alla prima non si capiva nulla, nella casa piena di vicine, mentre si aspettava il marito pel battesimo. Comare Menica, poveretta, nella prima furia voleva balzare dal letto, in camicia com'era, e correre al Biviere, se non era il medico che si mise a sgridarla:

- Come le bestie, voialtri villani! Non sapete cosa vuol dire una febbre puerperale!

- Signore don Battista! Come posso fare a lasciare quel poveretto fuorivia, in mano altrui, ora ch'è in quello stato?...

- E voi non vi movete! - appoggiava comare Stefana. - Vostro marito andrete a trovarlo poi. Temete che scappi?

- Date retta al medico, - aggiunse la Cilona. - Compare Cosimo è in mano di cristiani. Lo vedete qui, questo poveretto, che è venuto apposta? -

E lo zio Mommu accennava di sì con il capo, ritto dinanzi al letto, battendo gli occhi, non sapendo come fare per voltare le spalle ed andarsene per le sue faccende.

Indi la convalescenza, il baliatico, il bisogno dei figliuoli; e il tempo era passato. Compare Cosimo, quando infine la Gagliana gli aveva detto di alzarsi, era rimasto su di una sedia, alla porta dello stallatico, con una gamba più corta dell'altra.

- Così com'è non ve la lasciavano neppure, se eravate in mano del cerusico! - gli disse la Gagliana per consolarlo.

I muli stessi se li mangiò metà lei e metà la stalla. Quando il povero zoppo, alla porta dell'osteria, vide Nunzio della Rossa che si portava via la sua lettiga, si mise a sospirare: - Queste campanelle non le udrò più! -

E lo zio Carmine anche lui disse:

- Che diavolo rimpiangete! Quel baio birbante che vi azzoppò a quel modo? -

Intanto bisognava pensare a buscarsi da vivere, lui e il suo ragazzo; e adesso ch'era conciato a quel modo per le feste, voleva essere un mestiere facile, di quelli poco pane e poca fatica. "Se hai un guaio, dillo a tutti". Lo zio Carmine, ch'era un buon diavolaccio, ne parlava con questo e con quello, e come seppe che uno della chiatta, lì vicino, era morto di malaria, disse subito a compare Cosimo:

- Questo è quello che fa per voi -.

E tanto disse e tanto fece, per mezzo anche dello zio Antonio, l'oste di Primosole, lì accanto al Simeto, che il capoccia della chiatta chinò il capo e disse di sì anche lui. D'allora in poi compare Cosimo rimase a tirar la fune, su e giù pel fiume; e con ogni conoscente che passava, mandava sempre a dire a sua moglie che sarebbe andato a vederla, un giorno o l'altro, e la bambina pure. - Verrò a Pasqua. Verrò a Natale -. Mandava sempre a dire la stessa cosa; tanto che comare Menica ormai non ci credeva più; e Nanni, ogni volta, guardava il babbo negli occhi, per vedere se dicesse davvero.

Ma succedeva che a Pasqua e a Natale s'aveva sempre una gran folla da tragittare; talché quando il fiume era grosso c'erano più di cinquanta vetture che aspettavano all'osteria di Primosole. Il capoccia della chiatta bestemmiava contro lo scirocco e levante che gli toglieva il pan di bocca, e la sua gente si riposava: Mangialerba, bocconi, dormendo sulle braccia in croce; Ventura, all'osteria; e l'Orbo cantava tutto il giorno, ritto sull'uscio della capanna, a veder piovere, guardando il cielo cogli occhi bianchi.

Comare Menica avrebbe voluto andarvi lei, a Primosole, almeno per vedere suo marito e portargli la bambina, ché il padre non la conosceva neppure, quasi non l'avesse fatta lui.

- Andrò appena avrò presi i denari del filato, - diceva essa pure. - Andrò dopo la raccolta delle ulive, se mi avanza qualche soldo -.

Così passava il tempo. Intanto comare Menica fece una malattia mortale, di quelle che don Battista, il medico, se ne lavava le mani come Pilato.

- Vostra moglie è malata malatissima, - venivano a dirgli lo zio Cheli, compare Lanzare, tutti quelli che arrivavano da Licodia; e compare Cosimo stavolta voleva correre davvero, a piedi, come poteva.

- Prestatemi due lire per la spesa del viaggio, padron Mariano -.

Ma il capoccia rispondeva:

- Aspettate prima se vi portano un buona notizia. Alle volte, intanto che voi siete per via, vostra moglie guarisce, e voi ci perdete la spesa del viaggio -. L'Orbo invece consigliava di far dire una messa alla Madonna di Primosole, ch'è miracolosa. Finché giunse la notizia che da comare Menica c'era il prete.

- Vedete se avevo ragione? - esclamò padron Mariano. - Cosa andavate a fare, se non c'era più aiuto? -

La bambina se l'era tolta in casa comare Stefana, per carità; e compare Cosimo era rimasto a Primosole col sul ragazzo. Tanto, l'Orbo gli diceva che, coll'aiuto di Dio, poteva vivere e morire alla chiatta al pari di lui, che vi mangiava pane da cinquant'anni. E ne aveva vista passare tanta della gente! Passavano conoscenti, passavano viandanti che nessuno sapeva donde venissero, a piedi, a cavallo, d'ogni nazione, se ne andavano pel mondo, di qua e di là del fiume. - Come l'acqua del fiume stesso che se ne andava al mare, ma lì pareva sempre la medesima, fra le due ripe sgretolate: a destra le collinette nude di Valsavoia, a sinistra il tetto rosso di Primosole; e allorché pioveva, per giorni e settimane, non si vedeva altro che quel tetto tristo nella nebbia. Poi tornava il bel tempo, e spuntava del verde qua e là, fra le rocce di Valsavoia, sul ciglio delle viottole, nella pianura, fin dove arrivava l'occhio. Infine veniva l'estate, e si mangiava ogni cosa, il verde dei seminati, i fiori dei campi, l'acqua del fiume, gli oleandri che intristivano sulle rive, coperti di polvere.

La domenica, cambiava. Lo zio Antonio, che teneva l'osteria di Primosole, faceva venire il prete per la messa, e mandava Filomena, la sua figliuola, a scopare la chiesetta, e a raccattare i soldi che i devoti vi buttavano dentro dal finestrino, per le anime del Purgatorio. Accorrevano dai dintorni, a piedi, a cavallo, e l'osteria si riempiva di gente. Alle volte arrivava anche il Zanno, che guariva di ogni male, colle sue scarabattole; o don Tinu, il merciaiuolo, con un grande ombrellone rosso, e schierava la sua mercanzia sugli scalini della chiesa, forbici, temperini, nastri e refe d'ogni colore. Nanni si affollava insieme agli altri ragazzi per vedere. Ma suo padre gli diceva sempre: - No, figliuolo mio, questa roba è per chi ha denari da spendere -.

Gli altri invece comperavano: bottoni, tabacchiere di legno, pettini di osso, e Filomena frugava dappertutto colle mani sudice, senza che nessuno le dicesse nulla, perché era la figliuola dell'oste. Anzi un giorno don Tinu le regalò un bel fazzoletto giallo e rosso, che passò di mano in mano. - Sfacciata! - dicevano le comari. - Fa l'occhio a questo e a quello per amor dei regali! - Un giorno Nanni li vide tutti e due dietro il pollaio, che si tenevano abbracciati. Filomena, che stava all'erta per timore del babbo, si accorse subito di quegli occhietti che si ficcavano nella siepe, e gli saltò addosso colla ciabatta in mano. - Cosa vieni a fare qui, spione? se stai a raccontare quel che hai visto, guai a te, veh! - Ma don Tinu la calmava con belle maniere: - Non lo strapazzate quel ragazzo, comare Mena, ché gli fate pensare al male -.

Però Nanni non poteva levarsi dagli occhi il viso rosso di Filomena, e le manacce di don Tinu che brancicavano. Quando lo mandavano a comperare il vino all'osteria, si piantava dinanzi al banco della ragazza, che glielo mesceva colla faccia tosta, e lo sgridava: - Guardate qua, cristiani! Non gli spuntano ancora i peli al mento, quel moccioso, e ha già negli occhi la malizia! -

Nanni voleva far lo stesso colla Grazia, la servetta dell'osteria, quando andavano insieme a raccoglier l'erbe per la minestra, lungo il fiume. Ma la fanciulla rispondeva:

- No. Tu non mi dai mai niente -.

Essa invece gli portava, nascoste in seno, delle croste di formaggio, che gli avventori avevano lasciato cadere sotto la tavola, o un pezzetto di pane duro rubato alle galline.

Accendevano un focherello fra due sassi, e giocavano a far la merenda. Ma Nanni finiva sempre il giuoco col buttar le mani sulla roba, e darsela a gambe. La ragazzetta allora rimaneva a bocca aperta, grattandosi il capo. E alla sera si buscava pure gli scapaccioni di Filomena, che la vedeva tornare spesso colle mani vuote. Nanni, per risparmiarsi la fatica, le arraffava anche la sua parte di cicoria o di finocchi selvatici.

Poi, il giorno dopo, giurava colle mani in croce che non l'avrebbe fatto più. E la poverina ci tornava sempre, appena lo vedeva da lontano, coi capelli rossi in mezzo alle stoppie gialle; si accostava quatta quatta, e gli si metteva alle calcagna come un cane. Quand'essa arrivava piagnucolando ancora per le busse che s'era buscate all'osteria, Nanni per consolarla le diceva:

- E tu perché non scappi, e te ne vai a casa tua? -

Egli raccontava che aveva la sua casa anche lui, laggiù al paese, e i parenti e ogni cosa: di là da quelle montagne turchine; ci voleva una giornata buona di cammino, e un giorno o l'altro ci sarebbe andato.

- Pianta i tuoi padroni e l'osteria, e te ne scappi a casa tua -.

La ragazzetta ascoltava a bocca aperta, colle gambe penzoloni sul greto asciutto, guardando attonita là dove Nanni le faceva vedere tante belle cose, oltre i monti turchini. Infine si grattava il capo, e rispondeva:

- Non so. Io non ci ho nessuno -.

Egli intanto si divertiva a tirar sassi sull'acqua; o cercava di far scivolare Grazia giù dalla sponda, facendole il solletico. Poi si metteva a correre, ed egli la inseguiva a zollate. Andavano pure a scovare i grilli dalle tane, con uno sterpolino; o a caccia di lucertole. Nanni sapeva coglierle con un nodo scorsoio fatto in cima a un filo di giunco sottile; dentro al cerchietto che formava il nodo spuntava una bella campanella lucente, e le povere bestioline, assetate in quell'arsura, si lasciavano adescare.

In mezzo alla gran pianura riarsa il fiume s'insaccava come un burrone enorme, fra le rive slabbrate. - Mostrava le ossa, - brontolavano quelli della chiatta. Talché anche i poveri diavoli ci si arrischiavano a guado, qualche miglio più in su. Tanti baiocchi levati di bocca a quegli altri poveri diavoli che stavano colla fune in mano tutto il giorno, sotto il solleone. E litigavano fra di loro, a digiuno. Nanni allora per un nulla si buscava delle pedate anche da suo padre, sciancato com'era.

Di tanto in tanto passava una frotta di mietitori, che tornavano al mare, bianchi di polvere, e si calavano nel greto, uomini e donne, colle gambe nude, raccomandandosi ai loro santi, nel dialetto forestiero. Poi nell'afa della strada, diritta diritta, si vedeva venire da lontano il polverone che accompagnava qualche carro, o spuntava dall'altra parte la sonagliera mezza addormentata di un mulattiere. L'Orbo, che non aveva nessuno al mondo, e se l'era girato tutto, diceva: - Quello lì viene da Catania, quest'altro da Siracusa -. E sempre cuor contento, lui, raccontava agli uomini stesi bocconi le meraviglie che aveva visto laggiù, lontano lontano. E Nanni ascoltava intento, come aveva fatto la Grazia ai racconti che lui sballava, con delle allucinazioni di vagabondaggio negli occhi stanchi di vedere eternamente l'osteria dello zio Antonio, che fumava tutta sola, nella tristezza del tramonto.

Ma chi gli mise davvero la pulce nell'orecchio fu il Zanno, una volta che lo chiamarono per lo zio Carmine al Biviere. Fin da Pasqua di Rose, i viandanti che venivano a passar la notte allo stallatico, e non lo vedevano, come al solito, a portar la paglia dal fienile o a riscuotere lo stallaggio, dicevano: - E compare Carmine? - Zio Mommu lo mostrava con un cenno del capo, lungo disteso nel pagliericcio, sotto un mucchio di bisacce; e Misciu, col cappuccio in capo, mangiato dalle febbri anche lui soggiungeva: - Ha la terzana -. Alle volte, quando alla voce riconosceva un conoscente, lo zio Carmine rispondeva con un grugnito: - Son qua. Sono ancora qua -.

Erano quasi sempre le stesse facce stanche che si vedevano passare, dinanzi al lumicino moribondo appeso al travicello, e tiravano fuori dalla bisaccia la scarsa merenda, accoccolati su di un basto, masticando adagio adagio. Lo zio Carmine non brontolava più, non si moveva più dalla sua cuccia, zitto e cheto. Soltanto quando udiva fermarsi alla porta una vettura, rizzava il capo come poteva, per amor del guadagno, e chiamava:

- O Misciu! -

Però non potevano lasciarlo morire a quel modo, come un cane. Ventura, Mangialerba, e spesso anche compare Cosimo, tirandosi dietro la gamba storpia, venivano apposta da Primosole, e stavano a guardare compare Carmine lungo disteso, con la faccia color di terra, come un morto addirittura. Infine risolvettero di chiamargli la Gagliana, quella vecchietta che faceva miracoli, a venti miglia in giro.

- Vedrete che la Gagliana vi guarirà in un batter d'occhio, - andavano dicendo a lui pure. - È meglio di un dottore quel diavolo di donna. Cosa ne dite, compare Carmine? -

Compare Carmine non diceva né sì né no, pensando al denaro che si sarebbe mangiato la Gagliana. Però nel forte della febbre tornava a piagnucolare:

- Chiamatemi pure la Gagliana, senza badare a spesa. Non mi lasciate morire senza aiuto, signori miei! -

La Gagliana la battezzò febbre pericolosa, di quelle che è meglio mandare pel prete addirittura. Giusto era sabato, e passava gente che tornava al paese. Tutto ciò gli rimase fitto in mente, a Nanni ch'era andato a vedere anche lui: i curiosi che dall'uscio allungavano il collo verso il moribondo; la Gagliana che cercava nelle tasche il rimedio fatto apposta, brontolando; e il malato che guardava tutti ad uno ad uno, cogli occhi spaventati. L'Orbo, a canzonare la Gagliana che non sapeva trovare il rimedio, le domandava:

- Cosa ci vuole per farmi tornare la vista? -

Lo zio Carmine morì la notte istessa. Peccato! perché la domenica poi si trovò a passare il Zanno, il quale ci aveva il tocca e sana per ogni male! nelle sue scarabattole. Lo menarono appunto a vedere il morto. Ei gli toccò il ventre, il polso, la lingua, e conchiuse: - Se c'ero io, lo zio Carmine non moriva! -

Raccontava pure molte cose dei miracoli che aveva fatto, tale e quale come la Gagliana, dei paesi che aveva visti, e come Nanni ascoltava a bocca aperta, gli piacque quel ragazzetto, e gli disse, accarezzandogli i capelli rossi:

- Vuoi venire con me? Mi porterai la balla e ti farai uomo.

- Egli ha tutt'altra balla da portare! - sospirò compare Cosimo; e pensava nel tempo stesso che se gli succedeva una disgrazia, come quella di compare Carmine, il suo ragazzo restava in mezzo a una strada.

C'era anche l'oste di Primosole, il quale maritava Filomena con Lanzise, uomo dabbene che non sapeva nulla, e tornavano tutti da Lentini pel contratto, gli sposi, compare Antonio ed altra gente. Lanzise era uno che ci aveva il fatto suo, terra, buoi, e un pezzo di vigna lì vicino alla Savona, dicevano.

Il matrimonio fece chiasso. Talché venne anche don Tinu a vender roba pel corredo. La sera mangiava all'osteria come al solito. Non si sa come, a motivo di un conto sbagliato, attaccarono lite collo zio Antonio, e don Tinu gli disse: - becco! -

Compare Antonio era un omettino cieco d'un occhio, che al vederlo non l'avreste pagato un soldo. Però si diceva che avesse più di un omicidio sulla sua coscienza, e a venti miglia in giro gli portavano rispetto. Al sentirsi dire quella mala parola sul mostaccio da don Tinu, il quale aveva una faccia di minchione, andò a staccare lo schioppo dal capezzale, per spifferar le sue ragioni anche lui, mentre la moglie, che la malaria inchiodava in fondo a un letto da anni ed anni, rizzatasi a sedere in camicia, strillava:

- Aiuto che s'ammazzano, santi cristiani! -

E Filomena, per dividerli, buttava piatti e bicchieri addosso a don Tinu, gridando:

- Birbante! ladro! scomunicato!

- Che vi pare azione d'uomo cotesta, compare Antonio? - rispose don Tinu più giallo del solito. - Io non ho altro addosso che questo po' di temperino.

- Avete ragione, - disse lo zio Antonio. - Vi risponderò colla stessa lingua che avete in bocca voi -. E andò a posare lo schioppo senza aggiunger altro.

Più tardi Nanni andava all'osteria per il vino, quando vide venirsi incontro don Tinu tutto stralunato, che si guardava attorno sospettoso.

- Te' due soldi, - gli fece, - e và a dire a compare Antonio che l'aspetto qui, per quella faccenda che sa lui. Ma che nessuno ti veda, veh! -

La sera trovarono compar Antonio lungo disteso dietro una macchia di fichidindia, col suo cane accanto che gli leccava la ferita. - Che è stato, compare Antonio? Chi vi ha dato la coltellata? -

Compare Antonio non volle dirlo. - Portatemi sul mio letto, per ora. Se poi campo ci penso io; se muoio ci pensa Dio.

- Questo fu don Tino che me l'ammazzò! - strillava la moglie. - L'ha mandato a chiamare con Nanni dello zoppo! -

E Filomena badava a ripetere:

- Birbante! ladro! scomunicato! -

Compare Cosimo, che aveva una gran paura della giustizia, se la prese anche lui col suo ragazzo, il quale si ficcava in quegli imbrogli.

- Se ti metto le mani addosso voglio romperti le ossa! - andava gridando.

E Nanni perciò se ne stava alla larga, dall'altra parte del fiume, col ventre vuoto, come una bestia inselvatichita. Grazia lo vide da lontano, coi capelli rossi, dietro l'abbeveratoio a secco, e corse a raggiungerlo.

- Ora me ne vado col Zanno, - disse lui, - e alla chiatta non ci torno più -.

Poscia, rassicurato a poco a poco, vedendo che dietro il muro non spuntava lo zio Cosimo col bastone, si mise a sgretolare la sponda dell'abbeveratoio, tutta fessa e scalcinata, un sasso dopo l'altro, e dopo li tirava lontano; mentre la ragazzetta stava a guardare. Tutt'a un tratto s'accorsero che il sole era tramontato, e la nebbia sorgeva tutt'intorno, dal fiume e dalla pianura.

- Senti! - disse Grazia. - Lo zio Cosimo che chiama! -

Nanni se la diede a gambe senza rispondere, e lei s'affannava a corrergli dietro, colla vesticciuola tutta sbrindellata che svolazzava sulle gambette nude. Camminarono un bel pezzo, e infine si trovarono soli, nella campagna buia, col cuore che batteva forte, lontano lontano dalla capanna delle chiatte, dove si udiva ancora cantare l'Orbo. Era una bella notte piena di stelle, e dappertutto i grilli facevano cri-cri nelle stoppie. Come Nanni si fermò, vide Grazia che gli veniva dietro.

- E tu dove vai? - le disse.

Essa non rispose. E tornarono a udirsi i grilli tutt'intorno. Non si udiva altro. Solo il fruscìo del grano in spiga al loro passaggio; e appena si fermavano ad ascoltare cadeva un gran silenzio, quasi il buio si stringesse loro ai panni. Di tanto in tanto correva una folata di ponente caldo, come un'ombra, sull'onda del seminato. Allora Grazia si mise a piangere.

Passava un vetturale coi suoi muli; e la piccina a piagnucolare:

- Portateci al paese, vossignoria, per carità! -

Il mulattiere, ciondoloni sul basto, borbottò qualche parola mezzo addormentato, e tirò di lungo. E i due fanciulli dietro. Arrivarono a uno stallatico, e si accoccolarono dietro il muro ad aspettare il giorno.

Quando Dio volle spuntò l'alba, e un gallo si mise a cantare d'allegria sul mucchio di concime. Da un sentierolo fra due siepi sbucò un vecchietto, con una bisaccia piena in spalla. Aveva la faccia buona, e Grazia gli domandò:

- Per andare al paese, vossignoria, da che parte si va? -

Lo zio Mommu accennò di sì col capo, e seguitò per la sua via, col naso a terra. Si misero dietro a lui, che andava a vendere la sua roba al paese, e arrivarono sulla piazza che era giorno chiaro. C'era già una donnicciuola imbacuccata in una mantellina bianca, la quale vendeva verdura e fichidindia. Delle altre donne entravano in chiesa. Davanti lo stallatico salassavano un mulo; e dei contadini freddolosi stavano a guardare, col fazzoletto in testa e le mani in tasca. In alto, nel campanile già tutto pieno di sole, la campana sonava a messa.

Essi andarono a sedere tristamente sul marciapiede, accanto al vecchietto con cui erano venuti, e che s'era messo a vender anatre e gallinelle che nessuno comprava, aspettando il Zanno che non veniva neppur lui. Il tempo passava, e passava anche della gente che veniva a comprare la verdura dalla donnicciuola colla mantellina, pesandola colle mani. Da una stradicciuola spuntarono due signori, col cappello alto, passeggiando adagio adagio, e si fermarono a contrattare lungamente, toccando la roba colla punta del bastone, senza comprar nulla. Poi venne la serva della locanda a prendere una grembialata di pomodori. Sulla piazza facevano passeggiare innanzi e indietro il mulo salassato. Infine lo speziale chiuse la bottega, mentre sonava mezzogiorno.

Allora lo zio Mommu tirò dalla bisaccia un pane nero, e si mise a mangiarlo adagio adagio con un pezzo di cipolla. Vedendo i due ragazzi che guardavano affamati, gliene tagliò una gran fetta per ciascuno, senza dir nulla. Infine raccolse la sua mercanzia, e se ne andò a capo chino, com'era venuto.

Ora rimanevano soli e sconsolati. Si presero per mano e arrivarono sino alla fontana ch'era in fondo al paesetto. Per la strada che scendeva a zig zag nella pianura arrivava gente a ogni momento. Donne che venivano ad attinger acqua, vetturali che abbeveravano i muli, e coppie di contadini che tornavano dai campi, chiacchierando a voce alta, colle bisacce vuote avvolte al manico della zappa. Poi una mandra di pecore, in mezzo a un nuvolo di polvere. Un frate cappuccino, che tornava dalla cerca, saltò a terra da una bella mula baia, schiacciata sotto il carico, e si chinò a bere alla cannella, tutto rosso, sguazzando nell'acqua la barbona polverosa. Quando non passava alcuno, venivano delle cutrettole a saltellare sui sassi, in mezzo alla fanghiglia, battendo la coda. Lontano si udiva la cantilena dei trebbiatori nell'aia, perduta in mezzo alla pianura che non finiva mai, e cominciava a velarsi nelle caligini della sera. E in fondo, come un pezzetto di specchio appannato, il Biviere.

- Guarda com'è lontano! - disse Nanni col cuore stretto.

Il sole era già tramontato; ma non sapevano dove andare, e rimanevano aspettando, l'uno accanto all'altra seduti sul muricciuolo, nel buio. Infine si presero per mano e tornarono verso l'abitato. Nelle case luccicava ancora qualche finestra; però i cani si mettevano a latrare, appena i due ragazzi si fermavano presso a un uscio, e il padrone minaccioso gridava: - Chi è là? -

La fanciulletta scoraggiata buttò le braccia al collo di Nanni.

- No! No! - piagnucolava lui, - lasciami stare -.

Trovarono una tettoia addossata a un casolare, e vi passarono la notte, tenendosi abbracciati per scaldarsi. Li svegliò lo scampanìo del paese in festa, che il sole era già alto. Mentre andavano per via, guardando la gente che usciva vestita in gala, scorsero in piazza don Tinu il merciaiuolo, colle sue scarabattole di già in mostra, sotto l'ombrellone rosso.

- Signore don Tinu, - gli disse Grazia tutta contenta. - Benvenuto a vossignoria! -

Don Tinu si accigliò e rispose:

- O tu chi sei? Io non ti conosco -.

La fanciulletta si allontanò mogia mogia. Ma don Tinu vide il ragazzetto, che guardava da lontano timoroso, e gli disse:

- Tu sei quello dell'osteria del Pantano, lo so.

- Sissignore, don Tinu, - rispose Nanni col sorriso d'accattone.

E tutto il giorno gli ronzò intorno, affannato, sul marciapiede. Quando vide che don Tinu raccoglieva la sua mercanzia, e stava per andarsene, si fece animo, e gli disse:

- Se mi volete con voi, vossignoria, io vi porterò la roba.

- Va bene, - rispose don Tinu. - Ma la tua compagna lasciala stare pei fatti suoi, ché non ho pane per tutti e due -.

Grazia scorata, si allontanò passo passo, colle mani sotto il grembiule, e poi si mise a guardare tristamente dall'altra cantonata, mentre Nanni se ne andava dietro al merciaiuolo, curvo sotto il carico.

Un buon diavolaccio, quel don Tinu. Sempre allegro, anche quando gli lasciava andare una pedata o uno scapaccione. In viaggio gli raccontava delle barzellette per smaliziarlo e ingannare la noia della strada a piedi. Oppure gli insegnava a tirar di coltello, in qualche prato fuori mano. - Così ti farai uomo, - gli diceva.

Giravano pei villaggi, da per tutto dov'era la fiera. Schieravano in piazza la mercanzia, su di una panchetta, e vociavano nella folla. C'erano trecconi, bestiame, gente vestita da festa; e il Zanno che faceva veder l'Ecceomo, e si sbracciava a vendere empiastri e medaglie benedette, a strappare denti, e a dire la buona ventura, ritto su un trespolo, in un mare di sudore. I curiosi facevano ressa intorno, a bocca aperta, sotto il sole cocente. Poi veniva il santo colla banda, e lo portavano in processione. Dopo, tutta la giornata, le donne stavano sugli usci, cariche d'ori, sbadigliando. La sera accendevano la luminaria e facevano il passaggio.

Don Tinu ripeteva:

- Se restavi alla chiatta, con tuo padre, le vedevi tutte queste cose, di'? -

Capitarono anche una volta al paese di Nanni, il quale non ci si raccapezzava più, dopo tanto tempo, e passando davanti alla sua casa vide un ballatoio che non ci era prima, e della gente che non conosceva, e vi stava pei fatti suoi. Cercò anche dei parenti. Il fratello, Pierantonio, era lontano, camparo alle Madonìe, laggiù verso la marina; e la sorella, Benedetta, s'era maritata, un buon partito che le aveva procurato comare Stefana, dotandola coi suoi denari, e facevano tutti una famiglia, in una bella casa nuova, col terrazzino e il letto col cortinaggio, che quasi non volevano lasciarvi entrare quel vagabondo.

Pure donna Stefana, per politica, come seppe chi era e donde veniva, gli fece dar da colazione, pane vino e companatico, in un angolo della tavola, che egli subito disse grazie, perché le due donne sembrava che gli contassero i bocconi, sua sorella ritta sull'uscio colle mani sul ventre e l'orecchio teso per sentire se capitava il marito, guardando di sottocchio donna Stefana come fosse sulle spine. - No e sì - sì e no. - Le parole cascavano di bocca, e il pane e il companatico pure. Toccarono appena del babbo e del fratello che erano lontani, uno di qua e l'altro di là, e tacquero subito perché poco avevano da dire, dopo tanto che non si erano visti. Benedetta anzi non aveva neppure conosciuto il babbo, come fosse figlia del peccato.

- Questa povera orfanella, - disse forte donna Stefana, - non ha avuto nessuno al mondo, né amici né parenti. Dillo tu stessa, figliuola mia. Se non ero io, come ti trovavi? -

Benedetta disse di sì, con un'occhiata riconoscente. Poi guardò il fratello, e chinò gli occhi. Infine gli chiese se contava di fermarsi molto, in paese, dandogli del voi, sempre cogli occhi bassi. Donna Stefana invece gli ficcava addosso i suoi, quasi volesse frugarlo sotto i panni, con certe occhiate sospettose che covavano le posate. Appena fuori dell'uscio si sentì dar tanto di catenaccio dietro le spalle.

- Queste son cose che succedono, - disse poi don Tinu, quando seppe com'era andata la visita alla sorella. - Il mondo è grande, e ciascuno pei fatti suoi -.

Andavano pel mondo, di qua e di là, per fiere e per villaggi, sempre colla roba in collo, sicché infine una volta capitarono a Primosole, dopo tanto tempo. - Ora ti faccio vedere tuo padre, s'è ancora al mondo, - disse don Tinu. Nanni non voleva, fra la vergogna e la paura; ma il merciaio soggiunse:

- Lascia fare a me, che le cose le so fare -.

E andò avanti a prevenire compare Cosimo ch'era sempre lì, alla chiatta, su di un piede come le gru. - Ecco vostro figlio Nanni, compar Cosimo, che è venuto apposta per baciarvi le mani -.

Lo zio Cosimo aveva la terzana, e stava lì, al sole, appoggiato alla fune, col fazzoletto in testa, aspettando la febbre. - Che il Signore t'accompagni, figliuol mio, e ti aiuti sempre -.

Adesso ch'era stremo di forza, gli venivano i luccicconi agli occhi, vedendo che bel pezzo di ragazzo s'era fatto il suo Nanni. Costui narrava pure di Benedetta e del fratello, ch'era stato a cercarli; e il padre, tutto contento, scrollava, tentennava il capo, colla faccia sciocca. Una miseria, in quella chiatta: Ventura partito per cercar fortuna altrove; Mangialerba più che mai sotto i piedi della sua donnaccia, becco e bastonato, e l'Orbo sempre lo stesso, attaccato alla fune come un'ostrica e allegro come un uccello, che cantava nel silenzio della malaria, guardando il cielo cogli occhi bianchi.

- Con me vostro figlio girerà il mondo, e si farà uomo. - ripeteva don Tinu. Anche lo zio Antonio, poveretto, non era più quello di prima, e stava lì, sull'uscio dell'osteria, inchiodato dalla paralisi sulla scranna, a salutar la gente che passava, colla faccia da minchione, per tirare gli avventori.

- Benedicite, vossignoria. Che non mi riconoscete più, zio Antonio? - gli disse il merciaiuolo fermandosi a salutarlo. Lo zio Antonio accennava di sì col capo, come pulcinella. Allora don Tinu trasse fuori un bel sigaro e glielo mise nelle mani che tremavano continuamente, posate sulle ginocchia.

Ma l'altro scosse il capo, accennando di no, che non poteva. Don Tinu, per cortesia, gli chiese infine di sua moglie, e di comare Filomena, che non si vedevano, nell'osteria deserta; e il vecchio, colle mani tremanti, accennò di qua e di là, lontano, verso il camposanto e verso la città. Per bere un sorso, dovettero sgolarsi a chiamare un ragazzaccio che compare Antonio s'era tirato in casa, onde fare andare l'osteria, e arrivò dall'orticello abbandonato, tutto sonnacchioso, fregandosi gli occhi, insaccato in un giubbone vecchio dello zio Antonio che gli arrivava alle calcagna.

- Abbiamo fatto un'opera di carità, - osservò don Tinu nel pagare il vino bevuto. - Statevi bene, compare Antonio -.

Così era fatto don Tinu, colle mani sempre aperte, quando ne aveva, e il cuore più aperto ancora. Gli piaceva ridere e divertirsi, e aveva amici e conoscenti in ogni luogo. Spesso lasciava Nanni al negozio, diceva lui, e correva a godersi la festa di qua e di là colle comari (aveva comari da per tutto). Appena arrivava in un paese lo mandavano a chiamare di nascosto, e gli facevano trovare il desco apparecchiato dietro l'uscio, mentre il marito era alla processione colla testa nel sacco. Finché une volta, per la festa del Cristo, a Spaccaforno, portarono don Tinu a casa su di una scala, come un Ecceomo davvero.

Era stata Grazia che era venuta a chiamarlo: - Signore don Tinu, vi aspettano dove sapete vossignoria -.

Don Tinu esitava, grattandosi la barba. Non che avesse paura, no. Ma quella ragazza allampanata gli portava la jettatura, c'era da scommettere. Lei intanto rimaneva sull'uscio della bottega, sorridendo timidamente, col viso nella mantellina rattoppata. Nanni che da un pezzo non la vedeva, le disse:

- O tu come sei qui?

- Son venuta a piedi, - rispose Grazia, tutta contenta che le avesse parlato. - Son venuta a piedi da Scordia e Carlentini, perché laggiù morivo di fame. Ora fo i servizi a chi mi chiama -.

S'era fatta grande, tanto che la vesticciuola sbrindellata non arrivava a coprirle del tutto le gambe magre; colla faccia seria e pallida di donna fatta che ha provato la fame: e due pèsche fonde e nere sotto gli occhi.

Nanni che stava leccando col pane il piatto di don Tinu le disse:

- Te'; ne vuoi? - Ma Grazia si vergognava a dir di sì.

- Io sto con don Tinu, e faccio il merciaiuolo, - aggiunse Nanni.

Ad un tratto egli si fece serio, guardandola fiso.

- Entra! -

La ragazza esitava, intimidita da quegli occhi. Nanni ripeté:

- Entra, ti dico! sciocca! -

E la tirò pel braccio chiudendo l'uscio. Ella obbediva tutta tremante. Poi gli buttò le braccia al collo.

- Tanto tempo che ti volevo bene! -

E ricominciò a narrar la storia del suo misero vagabondaggio: la fame, il freddo, le notti senza ricovero, gli stenti e le brutalità che aveva sofferto; seduta sulla balla della mercanzia, colla schiena curva, le braccia abbandonate sulle ginocchia, ma gli occhi lucenti di contentezza adesso, e una gran gioia che le si spandeva infine sul viso sbattuto e scarno.

- Sai, tanto tempo che ti volevo bene! Ti rammenti? quando s'andava tu ed io per l'erbe della minestra a Primosole? e l'isolotto che lasciava il fiume quando era magra? e quella notte che abbiamo dormito insieme dietro un muro, sulla strada di Francofonte? Poi, quando tu te ne sei andato con don Tinu, e non sapevo che fare, né dove andare... Quella donna che vendeva i fichidindia, vedendomi ogni giorno a frugare nel mondezzaio, fra le bucce e i torsi di lattuga, mi dava ora una crosta di pane ed ora qualche cucchiaiata di minestra. Ma essa pure dovette andarsene, quando finì il tempo dei fichidindia, ed io partii con quello che faceva gente per la raccolta delle ulive, laggiù al Leone. Presi le febbri e mi mandarono all'ospedale. Dopo non mi vollero più perché dicevano che mi mangiavo il pane a tradimento. Sono stata anche a dissodare, dov'hanno fatto quella gran piantagione di vigne, al Boschitello; e ho lavorato allo stradone, e ci sarei tuttora a mangiar pane, se non fosse stato pel soprastante... -

S'interruppe, facendosi rossa, e guardò Nanni timorosa. Ma a costui non gliene importava nulla. Le disse solo:

- Vattene ora, ché sta per tornare il mio padrone -.

La poveretta si lasciava spingere verso l'uscio, col capo chino sotto la mantellina rattoppata, balbettando:

- Non ci ho colpa, ti giuro, per la Madonna Addolorata! Cosa potevo fare? Egli era il soprastante... Tu non c'eri più!... Non sapevo dov'eri nemmeno...

- Sì, sì, va bene. Adesso vattene, ché sta per venire don Tinu, - ripeteva lui allungando il collo fuori dell'uscio, di qua e di là della straduccia, come un ladro. Infine la ragazza se ne andò adagio adagio, rasente al muro.

Poco dopo portarono a casa il merciaiuolo colle ossa rotte; ché lo zio Cheli, per combinazione, tornando prima del solito, aveva trovato don Tinu che gli faceva il pulcinella in casa.

Il Zanno nel medicare il merciaiuolo andava predicando:

- Coi villani ci vuole prudenza, don Tinu caro! ché son peggio delle bestie. Vetturali poi, Dio liberi!... -

Ogni volta, quando gli capitava male, don Tinu si sfogava dopo col ragazzo, a calci e scapaccioni; tanto che agli strilli accorrevano l'oste e i viandanti, e il Zanno gli diceva:

- Non gli dar retta, figliuol mio, perché il tuo padrone dev'essere ubriaco -.

Il Zanno invece se voleva ubriacarsi si chiudeva nella sua stanzetta, faccia a faccia colla bottiglia. Non gridava, non picchiava nessuno, sempre con quel risolino furbo sulla faccia magra; e le donne venivano a cercarlo a casa sua di soppiatto, verso sera, imbacuccate sino al naso, e chiudeva a catenaccio. Tutto il giorno sempre allegro, a strappar denti senza dolore, vendere empiastri e intascar soldi. Nanni, allorché lo incontrava per le piazze, nelle bettole, andando di qua e di là per fiere e per paesi, gli ripeteva:

- Vi rammentate, vossignoria, quando mi diceste se volevo venire con voi a fare il Zanno, quella volta che morì lo zio Carmine, allo stallatico del Biviere? -

Il Zanno fingeva di non capire, perché non voleva aver questioni con don Tinu; ma infine, messo alle strette, si lasciò scappare:

- Be', se il tuo padrone ti manda via, io non ci ho difficoltà a pigliarti con me -.

Nanni se la legò al dito, e la prima volta che il merciaio si sciolse la cinghia per menargli la solfa addosso, gli disse brusco:

- Don Tinu, lasciamo stare la cinghia, vossignoria, ché se no stavolta finisce male.

- Ah, carogna! e rispondi anche! Ti farò vedere io come finisce!...

- Lasciate stare la cinghia, don Tinu, o finisce male, vi ho detto -.

E mise la mano in tasca.

Don Tinu ch'era stato il suo maestro e gli vide la faccia pallida, mutò subito registro:

- Ah, così rispondi al tuo padrone? Ora ti lascio morir di fame. Pigliati la tua roba, e via di qua -.

Nanni raccolse i quattro cenci nel fazzoletto e conchiuse:

- Benedicite a vossignoria -.

E se ne andò a trovare il Zanno.

- Bada che qui si guarda e non si vede: si ode e non si sente: si ha bocca e non si parla - gli disse il Zanno per prima cosa. - Se hai giudizio starai bene; se hai la lingua lunga andrai a darla ai cani, come quel re che aveva le orecchie lunghe e non poteva tenere una cosa sullo stomaco. Io non faccio chiacchiere né chiassi come don Tinu, bada! Marcia, torna e sparisci! E bravo chi ti trova! -

Menavano una vita allegra, ma sempre coll'orecchio teso e un piede in aria. Di notte, se picchiavano all'uscio, era un lungo tramestìo, un ciangottare dietro l'uscio, un andare e venire prima di tirare il catenaccio. Poi Nanni udiva il suo padrone che parlava con qualcuno sottovoce nell'altra stanza, e pestare nel mortaio; oppure erano strilli e pianti soffocati. Una notte, che non poteva chiudere occhio, vide dal buco della serratura il Zanno che intascava dei soldi, e una che gli parve Grazia, bianca come la cera vergine, la quale se ne andava barcollando.

Ma il Zanno, appena gli chiese se era davvero Grazia, montò in furia come una bestia.

- Tu sei troppo curioso, figliuol mio, e un giorno o l'altro ti finisce male -.

E gli finì male davvero, per un altro motivo. Un giorno, per la festa dell'Immacolata, appena rizzarono il trespolo sulla piazza di Spaccaforno, vennero gli sbirri e li acciuffarono tutti e due, cogli unguenti e gli elisiri, e li portarono al Criminale, accusati d'infanticidio. Ma allorché il Zanno vide Grazia sullo scanno, accusata insieme a loro, si mise a giurare e spergiurare colle mani in croce che non l'aveva mai vista né conosciuta, com'è vero Iddio!

Ma c'erano testimoni che avevano visto quella ragazza con Nanni tempo fa, quando egli era passato un'altra volta da Spaccaforno con don Tinu il merciaio, nella settimana santa, anzi egli aveva chiuso l'uscio. Grazia, più morta che viva, balbettava:

- Signor giudice, fatemi tagliare la testa, ché sono una scellerata! Prima feci il peccato e poi non seppi far la penitenza -.

Era stato per la disperazione, dacché tutti la scacciavano come un cane malato... e per la vergogna anche... Sì, perché no? dopo che Nanni l'aveva mandata via, e cominciava a capire il male che aveva fatto... Fu una notte, nel casolare abbandonato dietro il ponticello, che prima serviva pei lavoranti della strada... Una notte che pioveva... e le pareva di morire, lì, sola e abbandonata... E non sapeva come fare, con quella creaturina abbandonata al par di lei... Poi, quando non l'udì più vagire, e la vide tutta bianca, si strascinò sino al burrone, là, nella cava delle pietre, e l'avvolse nel grembiule, prima, povere carni tenere d'innocente! Ma Nanni non sapeva nulla, com'è vero Dio. Non s'erano più visti... Potevano andare loro stessi, a vedere lì nella cava delle pietre, vicino al casolare, giù dal ponticello...

Così Grazia andò in galera, ma loro se la cavarono colla sola paura della forca, il Zanno e l'aiutante. Però il Zanno fece voto a Dio e al Cristo di Spaccaforno che giovani non ne voleva più alla cintola, com'è vero Gesù Sacramentato!

Nanni girò ancora un po' di qua e di là, finché spinto dalla fame tornò a Primosole, dove almeno ci aveva qualcuno. Trovò che suo padre era sotto terra, e l'Orbo guidava lui la chiatta, asciutto come un osso.

Giusto c'era Filomena, che cominciava a farsi vecchia, e nessuno la voleva per quella storia di don Tinu e gli altri sdruccioloni che si erano scoperti dopo; la Filomena adesso gli diceva ogni volta:

- Io ci ho la mia roba, grazie a Dio, e il marito che volessi prendere starebbe come un principe -.

L'Orbo, che faceva da mezzano per un bicchier di vino, aiutava:

- L'ho vista io con questi occhi.

- Per me, - rispose alfine Nanni, - se voi siete contenta, sono contento io pure -.

E si fece il nido come un gufo. Di correre il mondo ne aveva abbastanza ora, e badava a mangiare e bere colla moglie e gli avventori, che tenevano allegra la casa e lasciavano dei soldi nel cassetto. Ogni tanto gli portavano la notizia:

- Sapete, zio Giovanni? vostro fratello gli è successo un accidente -. Oppure:

- Gnà Benedetta, vostra sorella, ha avuto un altro maschio -.

Tale e quale come suo padre, che aveva messo radici a Primosole, dopo che era rimasto zoppo, e venivano a dirgli sin lì quel che succedeva al mondo di qua e di là.

Un giorno, dopo anni e anni, in mezzo a una torma di mietitori, vide passare anche una vecchia che neppure il diavolo l'avrebbe più riconosciuta, mangiata com'era dalla fame e dagli strapazzi, la quale gli disse:

- Che non mi riconoscete più, compare Nanni? Sono Grazia, vi rammentate? -

Ma egli la mandò subito via per paura di Filomena che ascoltava dal letto, come aveva fatto l'altra volta per paura del padrone che stava per venire. Ora voleva godersi tranquillamente la sua pace e la provvidenza che il Cielo mandava, insieme alla moglie che gli aveva dato Dio. E se si trovavano a passare il Zanno oppure don Tinu, che ora gli portavano rispetto, e lasciavano anche loro bei soldi all'osteria, soleva dire con la moglie, o con chi c'era:

- Poveri diavoli! Costoro vanno ancora pel mondo a buscarsi il pane! -

IL MAESTRO DEI RAGAZZI

La mattina, prima delle sette, si vedeva passare il maestro dei ragazzi, mentre andava raccogliendo la scolaresca di casa in casa: con la mazzettina in una mano, un bimbo restìo appeso all'altra, e dietro una nidiata di marmocchi, che ad ogni fermata si buttava sul marciapiede, come pecore stracche. Donna Mena, la merciaia, gli faceva trovare il suo Aloardo, già bell'e ripulito, a furia di scapaccioni, e il maestro, amorevole e paziente, si trascinava via il monello, che strillava e tirava calci. Più tardi, prima del desinare, tornava rimorchiando Aloardino tutto inzaccherato, lo lasciava sull'uscio del negozio, e ripigliava per mano il bimbo con cui era venuto la mattina.

Così passava e ripassava quattro volte al giorno, prima e dopo il mezzodì, sempre con un ragazzetto svogliato per mano, gli altri sbandati dietro, d'ogni ceto, d'ogni colore, col vestitino attillato alla moda, oppure strascicando delle scarpacce sfondate; però tenendosi accosto invariabilmente le scolare che stava più vicino di casa, sicché ogni mamma poteva credere che il suo figliuolo fosse il preferito.

Le mamme lo conoscevano tutte; dacché erano al mondo l'avevano visto passare mattina e sera, col cappelluccio stinto sull'orecchio, le scarpe sempre lucide, i baffetti come le scarpe, il sorriso paziente e inalterabile nel viso disfatto di libro vecchio; senza altro di stanco che il vestito mangiato dal sole e dalla spazzola, sulle spalle un po' curve.

Sapevano pure che era un gran cacciatore di donne; da circa quarant'anni, dacché andava su e giù per le strade mattina e sera, al pari di una chioccia coi suoi pulcini, era sempre col naso in aria, agitando la mazzettina a guisa di uno zimbello, come un vero uccellatore, in cerca di un'innamorata - senza ombra di male - una che lo guardasse ogni volta che passava, e tirasse fuori il fazzoletto quando egli si soffiava il naso - niente di più; gli sarebbe bastato di sapere che in qualche luogo, vicina o lontana, aveva un'anima sorella. Talché lungo la perenne via crucis di tutti i giorni, egli aveva delle immaginarie stazioni consolatrici, delle invetriate che soleva sbirciare dacché svoltava la cantonata, e che avevano senso e parole soltanto per lui, alle quali aveva visto invecchiare dei visi amati - o scomparirne per andare a maritarsi - egli solo sempre lo stesso, portando una instancabile giovinezza dentro di sé, dedicando alle figliuole il sentimento che aveva provato per le madri, mulinando avventure da Don Giovanni nella sua vita da anacoreta.

Era come la conseguenza della sua professione, l'incarnazione degli estri poetici che gli occupavano le ore d'ozio, la sera, dinanzi al lume a petrolio, coi piedi indolenziti nelle ciabatte di cimosa, ben coperto dal pastrano, mentre sua sorella Carolina rattoppava le calze, dall'altro lato del tavolinetto, anch'essa con un libro aperto dinanzi agli occhi. Faceva il maestro di scuola per vivere, ma il suo vero stato erano le lettere, sonetti, odi, anacreontiche, acrostici soprattutto, con tutte le sante del calendario a capoverso. Portava, sotto il paletò spelato, da un capo all'altro della città, strascinandosi dietro la scolaresca, la sacra fiamma dei versi, quella che fa cantare le giovinette al chiaro di luna sul veroncello - e doveva farle pensare a lui. Sapeva già, come se gliela avessero confidata, tutta la curiosità che doveva suscitare la sua persona, i palpiti che destava una sua occhiata, le fantasie che si lasciava dietro il suo passaggio. Troppo scrupoloso però per abusarne!

Un giorno, lo rammentava sempre con una dolce confusione interna, una giovinetta alla quale andava a dare lezioni di bello scrivere a domicilio, volle regalargli per la sua festa un bel fiore ch'era in un vasetto della scrivania - rosa o garofano, non si rammentava pel turbamento che gli aveva fatto velo alla vista - glielo presentava con un atto gentile, e gli diceva, al vederlo timido e imbarazzato:

- L'ho tenuto lì per lei, signor maestro.

- No... la prego... Mi risparmi...

- Come? non lo vuole?

- Seguitiamo la lezione, di grazia!... Queste non son cose...

- Ma perché? Che c'è di male...

- Tradire la fiducia dei suoi parenti... sotto la veste di istitutore... -

Allora la ragazza era scoppiata in una risata così matta, così impertinente, che gli squillava ancora nelle orecchie al ripensarci, e ancora, dopo tanto tempo, gli metteva in capo un dubbio, uno di quei lampi di luce che fanno cacciare il capo sotto il guanciale, per non vederli, la notte.

Ah, quelle benedette ragazze, chi arrivava a capirle, per quanto gli anni passassero! Esse gli ridevano dietro le spalle. - Poi, dopo molto tempo, quand'egli passava a prendere i loro bimbi, tirando in su i baffetti ostinatamente neri, si sentivano intenerire da una certa commozione ripensando al passato, alle rosee fantasie della prima giovinezza, che evocava la figura melanconica di quell'eterno cercatore di amore.

- Entrate, don Peppino, il ragazzo sta vestendosi.

- No, grazie, non importa.

- Volete aspettare al sole?

- Ho qui i ragazzi. Non posso lasciarli.

- Quanti ne avete, santa pazienza! Ce ne vorrà, da mattina a sera, tanto tempo che fate quel mestiere!

- Sì, un pezzo che ci conosciamo, di vista almeno. Quando lei stava in via del Carmine, il terrazzino col basilico. Si rammenta?

- Si diventa vecchi, don Peppino! Ora abbiamo i capelli bianchi. Parlo per me, che ho già una figliuola da marito.

- Giusto, avevo portato qui una cosuccia per donna Lucietta. Oggi è la sua festa, mi pare.

- Cos'è? l'immagine di santa Lucia? No, una poesia! Lucia, Lucia, vien qui, guarda cosa t'ha portato il signor maestro.

- Piccolezze, donna Lucietta, scuserà l'ardire.

- Bello, bello, grazie tante. Guarda che bel foglio, mamma. Sembra un merletto.

- Son cose leggiere. Proprio un ricamino in versi, come ci vogliono per una bella ragazza qual è lei. Piccolezze, sa!

- Grazie, grazie. Ecco Bartolino. È mezz'ora che il signor maestro t'aspetta, maleducato!

- Guarda mamma; ritagliando il bordo della carta tutto in giro se ne può cavare un bel portamazzi, se oggi mi vengono dei fiori -.

La scuola era un grande stanzone imbiancato a calce, chiuso in fondo da un tramezzo che arrivava a metà dell'altezza, e al di sopra lasciava un gran vano semicircolare e misterioso, il quale dava lume a un bugigattolo che vi era dietro. Accanto all'uscio vedevasi il tavolinetto del maestro, coperto da un tappetino ricamato a mano, e sopra tanti altri lavori fatti di ritagli: nettapenne, sottolume, e un mandarino di lana arancione, colle sue brave foglioline verdi, causa d'infinite distrazioni agli scolari. L'altro ornamento della scuola, sulla larga parete nuda dietro il tavolino, era una cornicetta di carta traforata, opera industre della stessa mano, che conteneva due piccole fotografie ingiallite, i ritratti del maestro e di sua sorella, somiglianti come due gocce d'acqua, malgrado i baffetti incerati dell'uno, e la pettinatura grottesca dell'altra: gli stessi pomelli scarni che sembravano sporgere fuori della cornice, la stessa linea sottile delle labbra smunte, gli stessi occhi appannati, quasi stanchi di guardare perennemente, dal fondo dell'orbita incavata, lo sbaraglio delle seggiole scompagnate per la scuola; e tutt'in giro la tristezza delle pareti bianche, macchiate in un canto dalla luce scialba della finestra polverosa che dava nel cortiletto.

Di buon mattino, appena il falegname accanto principiava a martellare, udivasi bispigliare due voci sonnolente nel bugigattolo oscuro, e poi s'illuminava il vano al di sopra del tramezzo. Il maestro andava a prendere una manata di trucioli, strascicando le ciabatte, tutto raggomitolato in un pastrano spelato, e accendeva il fuoco per fare il caffè. Allora, dietro la finestra appannata, vedevasi salire la fiamma del focolare annidato sotto quattro tegole sporgenti dal muro, e il fumo denso che stagnava nel cortiletto cieco. In fondo allo stanzino la sorella del maestro intanto cominciava a tossire, dall'alba.

Egli andava a prendere le scarpe appoggiate allo stipite dell'uscio, l'una accanto all'altra, coi tacchi in alto, e si metteva a lustrarle amorosamente, mentre faceva bollire il caffè, ritto innanzi al fuoco, col bavero del pastrano sino alle orecchie. In seguito toglieva dal fuoco la caffettiera, sempre colla mano sinistra, per pigliare colla destra la chicchera senza manico dall'asse inchiodata accanto al fornello, la risciacquava nel catino fesso incastrato fra due sassi accanto al pozzo, e portava finalmente il lume nel bugigattolo, diviso in due da una vecchia tenda da finestra appesa a una funicella. La sorella si alzava a sedere sul letto in fondo, stentatamente, tossendo, soffiandosi il naso, gemendo sempre, colle trecce arruffate, il viso consunto, gli occhi già stanchi, salutando il fratello con un sorriso triste d'incurabile.

- Come ti senti oggi, Carolina? - le chiedeva il fratello.

- Meglio, - rispondeva lei invariabilmente.

Intanto il sole sormontava il tetto di faccia alla finestra, come una polvere d'oro, in mezzo a cui balenava il volo dei passeri schiamazzanti. Dietro l'uscio passava lo scampanellare delle capre.

- Vado pel latte -, diceva don Peppino.

- Sì, - rispondeva lei collo stesso moto stracco del capo.

E cominciava a vestirsi lentamente, mentre il maestro, accoccolato col bicchiere in mano, leticava col capraio che gli misurava il latte come fosse oro colato.

Carolina andava a rifare il lettuccio piatto del fratello, dall'altra parte della cortina, rialzandola tutta sulla funicella per dare aria alla stanza, come era solita dire; e si dava a strascicare la scopa per la scuola, adagio adagio, movendo le seggiole una dopo l'altra, appoggiandosi al bastone della scopa per tossire, in mezzo al polverìo.

Il fratello tornava coi due soldi di latte in fondo al bicchiere, e due panetti nelle tasche del pastrano. Ripiegavano un lembo del tappetino, per non insudiciarlo, e sedevano a far colazione in silenzio, l'uno di qua e l'altra di là del tavolino, tagliando ad una ad una delle fette di pane sottili, masticando adagio, e come soprapensieri. Soltanto, ogni volta che lei tossiva, il fratello rizzava il capo a fissarla in aria inquieta, e tornava a chinare gli occhi sul piatto.

Alfine egli se ne andava colla mazzettina sotto l'ascella, il cappelluccio sull'orecchio, i baffetti incerati, tirando in su il colletto della camicia, infilandosi con precauzione i guanti neri che puzzavano d'inchiostro, seguito passo passo dalla sorella che si ostinava a passargli straccamente la spazzola addosso, covandolo con uno sguardo quasi materno, accompagnandolo dalla soglia con un sorriso rassegnato di zitellona, che credeva tutte le donne innamorate di suo fratello.

Anch'essa aveva avuto la sua primavera scolorita di ragazza senza dote e senza bellezza, quando rimodernava, ogni festa principale, lo stesso vestitino di lana e seta, e architettava pettinature fantastiche dinanzi allo specchietto incrinato. Oh, le rosee visioni che passarono su quella vesticciuola, mentre essa agucchiava le intere notti! e gli sconforti amari che la tormentarono dinanzi a quello specchio, al quale si affacciavano ogni volta inesorabilmente i pomelli ossuti ed il naso troppo lungo! In mezzo al crocchio allegro e civettuolo delle altre ragazze ella portava sempre come la visione dolorosa della sua figura grottesca, e se ne stava in disparte - per vergogna, dicevano le une, - per orgoglio, dicevano le altre. - Giacché passava anche lei per letterata. Nello squallore della loro miseria decente le lettere avevano messo un conforto, una lusinga, come un lusso delicato che li compensava della commiserazione mal dissimulata dei vicini. Essa teneva gelosamente custoditi, in belle copie tutte a svolazzi e maiuscole ornate, i versi del fratello; e quando egli si era lasciato vincere alfine dall'indifferenza generale, dalla stanchezza dell'umile e faticoso impiego che doveva fare delle lettere per guadagnarsi il pane, essa sola era rimasta una gran leggitrice di romanzi e di versi: avventure epiche di cappa e di spada, casi complicati e straordinari, amori eroici, delitti misteriosi, epistolari di quattrocento pagine tutte piene di una sola parola, nenie belate al chiaro di luna, dolori di anime in lutto prima di nascere, che piangevano delusioni future. Tutta la sua giovinezza squallida s'era consunta in quelle fantasie ardenti, che le popolavano le notti insonni di cavalieri piumati, di poeti tisici e biondi, di avvenimenti bizzarri e romanzeschi, in mezzo ai quali sognava di vivere anche mentre scopava la scuola o faceva cuocere il magro desinare, nel cortiletto cieco che serviva da cucina. E sotto l'influenza di tutto quel medio evo, la preoccupazione dolorosa della sua disavvenenza e della sua povertà manifestavasi in modo grottesco, con ricciolini artificiosi sulla fronte, trecce spioventi sulle spalle, sgonfi medioevali ai gomiti del vestito e gorgiere inamidate.

- Che è l'ultimo figurino quello? - avevale chiesto un giorno la più elegante e la più crudele delle sue compagne.

Lui solo - tanto tempo addietro! - adesso era impiegato alla Pretura Urbana - quanti palpiti! quanta dolcezza! quanti sogni! Ed ora più nulla, allorché lo incontrava per caso, carico di moglie e di figliuoli! Allora era un giovinetto smunto, con grandi occhi pensosi che stavano a guardare i "vortici delle danze" dal vano di un uscio, come dall'alto, da cento miglia lontano. Le ragazze lo canzonavano anche un po' perché non ballava mai; lo chiamavano "il poeta". Egli da lontano inchiodava uno sguardo fatale su quella ragazza, sola e dimenticata in un cantuccio al par di lui. Una domenica infine le si fece presentare; le disse con una lunga frase ingarbugliata che aveva ambito l'onore di far la sua conoscenza perché "nella festa" era l'unica persona con cui si potesse scambiare due parole: lo sentiva, gliel'avevano detto: sapeva anche che era una distinta cultrice delle lettere...

"Le danze" giravano giravano "vorticose" in un gran polverìo, sotto la lumiera a petrolio, ed essi sembrano cento miglia lontani, proprio come nei romanzi, mezzo nascosti dietro la tenda all'uncinetto, lui col cappello sull'anca, e l'arco della mente teso per ogni parola che gli usciva di bocca; lei irradiata da quella prima lusinga che le veniva da un uomo, con una nuova dolcezza negli occhi, attraverso i ricciolini.

- È un poema?

- No, un romanzo.

- Storico?

- Oibò signorina! Per chi mi piglia? Sa il detto di quel tale: "Chi ci libererà dai Greci e dai Romani?..."

- Genere Manzoni allora?

- No, più moderno; stavo per dire più fine; certo più nervoso... tutta la nervosità del secolo in cui viviamo...

- E il titolo? si può sapere almeno?

- Lei sì! - Amore e morte!

- Bello! bello! bello! Ci ha lavorato molto?

- Saran quattr'anni circa.

- Perché non lo fa stampare? -

Il giovanotto alzò le spalle con un sorriso sdegnoso.

- Peccato!

Egli ebbe un lampo negli occhi, per la risposta che gli balenava in mente pronta e azzeccata; un lampo che illuse la poveretta:

- Mi basta questa parola sua, guardi! -

La Carolina avvampò di gioia; e chinò il capo, col petto che le scoppiava.

- Che dice?... Io!... Che dice mai?... -

L'altro gonfiandosi nel soprabito anche lui a quella prima lusinga che gli veniva da una donna, le lasciava cadere sul capo chino, dall'alto del suo colletto inamidato, la confidenza che il trionfo più

ambito per uno scrittore è quello di una parola... una parola sola... d'encomio... d'incoraggiamento...
che venga da una persona...

- Pardon! - s'interruppe a un tratto tirandosi bruscamente indietro.

- Gli è arrivata? - chiese scusandosi il padrone di casa che girava coll'annaffiatoio. - Mi dispiace,
sa... Facevo perché si soffoca dalla polvere. Non le pare? -

Il poeta continuava dicendo che era proprio una fortuna d'incontrarsi... in mezzo a tanta volgarità
invadente...

- Lei non balla? - domandò infine.

- Io...

- Stia tranquilla. Non ballo neppur io. Sa il detto di quel tale: "Non capisco perché cotesto lavoro
non lo facciano fare dai domestici!" Ed è vero infatti. Provi a tapparsi le orecchie, per vedere
l'impressione grottesca...

- È vero, è vero.

- Sentisse poi che discorsi! - Il caldo, la folla, i lumi... Quando si arriva a parlar delle
acconciature è già un gran progresso. A proposito, lei è messa divinamente... No, no, mi lasci dire, è
diversa dalle altre; un buon gusto, un'originalità... -

Tese l'arco delle sopracciglia, e le scoccò l'ultima frecciata:

- Insomma l'abito non fa il monaco; ma il buon gusto dice la persona... -

Com'era bello il valzer che sonavano in quel punto! come l'era rimasto in cuore tutta la notte! e
come lo canticchiava poi a mezzavoce, cogli occhi gonfi di lagrime deliziose, cucendo nel cortiletto
oscuro! Sul pilastrino del pozzo i garofani, che allungavano dal vaso slabbrato gli steli tisici,
s'agitavano lieve lieve al sole, e parevano rinascere. Che pace ora con se stessa, quando si guardava
nello specchio! che dolcezza in certi toni della sua voce! che soavità nel raggio della luna che
baciava, in alto, il muro dirimpetto! e nell'oro del tramonto che scappava dal comignolo del tetto, e
scintillava sui vetri di quella finestra dove si vedeva alle volte un fanciulletto biondo in una scranna
a bracciuoli, immobile per delle ore! Vivere, vivere, anche in quel cortiletto triste, fra quelle quattro
mura che avevano una melanconia intima e quasi affettuosa, nelle umili occupazioni divenute care,
con quell'altro mondo fantastico che le aprivano i libri, sotto la carezza di quella voce fraterna,
amorevole e protettrice; e in fondo al cuore poi come un punto luminoso, come una fibra delicata
che trasaliva al menomo tocco, come una gran gioia che aveva bisogno di nascondersi e le balzava
alla gola ogni momento, come una fede, come una tenerezza nuova per ogni cosa e ogni persona
nota - e l'attesa di quella domenica, di quel ballonzolo periodico in mezzo alla polvere e al puzzo di
petrolio, dove sapeva di rivedere colui che da otto giorni aveva preso tanta parte nel suo cuore e
nella sua vita!

Stavolta le venne incontro appena la vide, con una stretta di mano che riannodava a un tratto la
loro intimità spirituale, e le si mise al fianco, dietro la tenda all'uncinetto, colla destra nello sparato
della sottoveste, parlandole sempre di sé, delle sue inclinazioni, dei suoi gusti, delle sue
ammirazioni, che erano poche e calde, della sua ambizione, che toccava il cielo. Di tratto in tratto,

quando gli pareva che la ragazza chinasse il capo stanco sotto tutto quell'io implacabile, le accoccava un complimento, come un cocchiere fa schioccare la frusta nelle salite. La giovinetta però chinava il capo per la commozione, col cuore tutto aperto a quelle confidenze che cercavano avidamente la simpatia di lei. Egli pure, trascinato dalla sua foga, eccitato dalle sue frasi medesime, si abbandonava, cominciava a sbottonarsi, a scendere fino ai suoi piccoli guai: suo padre che lo contrariava nelle sue inclinazioni, nelle tendenze più spiccate del suo ingegno... Nei due anni d'Università non aveva imparato nulla. Aveva scritto soltanto dei versi sulle panche della cattedra di Diritto Civile.

- Un vero parricidio! - osservò Carolina sorridendo.

Egli per la prima volta la baciò con un'occhiata d'ineffabile tenerezza.

- Carolina! Carolina! - chiamava il fratello. E sottovoce le disse all'orecchio: - Bada che tutti ti guardano; sei sempre con colui. Chi è? -

Qua e là, dietro i ventagli, e nei crocchi delle ragazze, balenavano infatti dei sorrisi mal dissimulati. Ma Carolina, fiera, lo presentò al fratello:

- Il signor Angelo Monaco, distinto poeta, l'autore di Amore e morte!

- So che anche il signore è un chiaro cultore delle lettere! - disse il Monaco tendendogli la mano regalmente.

Il romanziere aveva "sollecitato l'onore" di leggere il manoscritto del suo romanzo in casa del maestro "per averne un giudizio illuminato e sincero". Una sera, dopo la scuola, lo installarono dinanzi al tavolinetto dal tappetino ricamato, con due candele accese dinanzi, come un giocatore di bussolotti, don Peppino col capo fra le mani, tutto raccolto nel disegno di appioppargli alla sua volta la lettura dei propri versi, che si sentiva rifiorire in petto gelosi a quell'avvenimento; la sorella digià commossa dalla solennità dei preparativi, la porta chiusa, le seggiole dei ragazzi schierate in fila, come per una folla di ascoltatori invisibili.

Il manoscritto era voluminoso, circa mezza risma di carta a mano, raccolta in una custodia di marocchino col titolo in oro sul dorso, e legata con nastri tricolori. L'autore leggeva con convinzione, sottolineando ogni parola col gesto, colla voce, con certe occhiate che andavano a ricercare l'ammirazione in volto alla Carolina, pallidissima, e al fratello di lei, impenetrabile dietro il palmo delle mani; si animava alle sue frasi istesse come un bàrbero allo scrosciare delle vesciche che porta attaccate alla coda; senza un minuto di stanchezza, quasi senza bisogno di voltar pagina. Le pagine volavano, volavano, con un fruscìo quasi di foglie secche d'autunno, nel gran silenzio della notte. Tutti i rumori della via erano cessati uno dopo l'altro. La luna alta si affacciava al finestrino.

C'era un punto in cui il protagonista del romanzo, disperato, forzava la consegna di uno stuolo di domestici in gran livrea, schierati in anticamera, e andava a bere la morte nell'alcova della sua bella appena tornata dal ballo, ancora in una nuvola di merletti e di pizzi. Egli la bollava con parole di fuoco, voleva offrirle, dea implacabile, l'olocausto del suo sangue, dei suoi sensi, del suo amore immensurabile, lì ai piedi dell'altare istesso, su quel tappeto di Persia, dinanzi a quel letto immacolato. E all'occhiata trionfante che faceva punto, l'autore vide con gioia crudele la sua ascoltatrice che piangeva cheta cheta, colla mano dinanzi agli occhi.

Ei le prese quella mano, e se la tenne sulle labbra a lungo per godere del suo trionfo.

- Perdonatemi! - mormorò poscia.

Ella scosse il capo dolcemente, e rispose con un filo di voce:

- No. Sono tanto felice! -

La luna dal finestrino baciava la parete dirimpetto, tacita. Al silenzio improvviso il maestro si destò.

Angelo Monaco prese a frequentare la casa del maestro, attratto dalla simpatia che vi trovava, lusingato da quell'ammirazione fervida, da quell'amore timido e profondo di cui la sua vanità era riconoscente in modo da simulare alle volte un ricambio dello stesso sentimento.

Carolina aspettava, felice, tutta piena di una vita nuova in mezzo alle solite modeste occupazioni, sorpresa da batticuori improvvisi, da dolcezze inesplicabili, per un nulla, per taluni avvenimenti consueti che prima non le avevano detto cosa alcuna, beandosi di uno sguardo, di un sorriso, di una parola, di una stretta di mano di lui, trepidante all'ora in cui egli soleva venire, commossa da una tenerezza ineffabile quando vedeva il raggio della luna sul finestrino, ogni quintadecima, al sentire la campana dell'avemaria, l'organetto che passava, la voce del fratello che pronunziava il suo nome, turbata solo da un imbarazzo insolito e da una nuova tenerezza per lui. Anch'egli le sembrava cambiato. Da qualche tempo la trattava con una dolcezza affettuosa e quasi triste, con un riserbo discreto e pietoso. Un giorno finalmente, al momento di uscire insieme ai ragazzi, col cappelluccio in testa e la mazzettina in mano, la chiamò in disparte, dietro la cortina rossa:

- ... Sai, Carolina... Sta per ammogliarsi... No! senti! Coraggio, coraggio!... Guarda che io ho lì i ragazzi... Perdonami se ti ho fatto dispiacere!... Toccava a me a dirtelo... Sono tuo fratello, il tuo Peppino!... -

Ella uscì nello stanzone, barcollante, come si sentisse soffocare, e balbettò dopo un momento:

- Come lo sai? Chi te l'ha detto?

- Masino, quel ragazzo, il figlio del caffettiere. Oggi, come l'incontrammo per caso, e vide che lo salutavo, mi ha detto che sposa sua sorella.

- Vai, vai, - disse la poveretta respingendolo colle mani tremanti. - I ragazzi aspettano -.

E fu tutto. Ella non aggiunse una parola, non gli mosse un lamento. L'ultima volta che la vide, Angelo la trovò così afflitta, così chiusa nel suo dolore, che ne indovinò il motivo. Sull'uscio del cortiletto, cogli occhi rivolti a quello spicchio di cielo e una lagrima vera negli occhi, egli le disse addio, commosso dall'accento suo stesso. Il giorno dopo le scrisse una lettera tutta fremente da un rigo all'altro d'amore e di disperazione, la prima in cui le parlasse d'amore, per dirle che il suo era fatale e doveva immolarlo sull'altare dell'obbedienza filiale. "Siate felice! siate felice! lontana o vicina, in vita e in morte!..." Fu la sola "missiva" d'amore che ella ricevesse, e la custodì gelosamente fra i fiori secchi ch'ei le aveva donati, e i nastri scolorati che portava il giorno in cui si erano incontrati per la prima volta.

Poi, stanca, aveva riversato sul fratello le sue illusioni giovanili, rifacendo per lui i castelli in aria in cui s'erano passati i sogni ardenti della sua vita claustrale, subendo, sotto altra forma, le stesse calde allucinazioni che le erano rimaste di tante bizzarre letture, nelle quali si era consunta la sua giovinezza, dietro il tramezzo della scuola, com'era morto il geranio che aveva agonizzato dieci anni nel cortiletto senza sole. Una volta era stata una rosa che essa aveva sorpreso nel portapenne della scrivania, e s'era sfogliata senza che lei osasse toccarla, lasciandole un grande sconforto a misura che le foglioline si sperdevano nella polvere. Un'altra volta un bigliettino profumato, visto alla sfuggita sul tappetino della scrivania, scomparso subito misteriosamente, che l'aveva fatta almanaccare un mese, turbandola anche, mentre stava chiuso nel cassetto, col suo odore sottile, finché le era caduto un'altra volta sotto gli occhi, fra le cartacce inutili da buttare via nel cortiletto - la stessa corona dorata in cima al foglio profumato, lo stesso carattere elegante con cui un ragazzo si faceva scusare dalla mamma non so quale mancanza.

Un giorno infine il romanzo sembrò disegnarsi, al giungere di una superba bionda che era venuta a prendere un ragazzetto pallido in una carrozza signorile, riempiendo tutta la scuola del fruscìo della sua veste, del profumo del suo fazzoletto, del suono armonioso della sua voce fresca e ridente come un raggio di sole che avesse abbarbagliato maestro e discepoli. La povera zitellona per molti giorni ancora, alla stessa ora, aveva aspettata la bella seduttrice, nascosta dietro la tenda del tramezzo, col cuore che le batteva forte, sconvolta sino alle viscere e come violentata da un delizioso segreto, da un turbamento strano, in cui si mescevano una tenerezza nuova pel fratello, un senso di vaga gelosia, e una contentezza, un orgoglio segreto.

Erano reticenze discrete, silenzi pudichi, imbarazzi scambievoli, per un cenno, per una parola, per un'allusione lontana che cadesse nel discorso, mentre sedevano a tavola, l'uno di qua e l'altra di là di un lembo del tappetino ripiegato, mentre rifacevano tutti i giorni la stessa conversazione vuota e insignificante del giorno innanzi, ripetendo le stesse frasi monotone che compendiavano la loro esistenza scolorita ed uniforme, a voce bassa, con una certa timidezza vergognosa.

Egli chinava il capo arrossendo, come sorpreso sul fatto; e giurava di no, facendo una scrollatina di spalle, gongolando dentro di sé, con un sorrisetto di vanagloria che gli tremolava sulle labbra.

Alle volte, in un'effusione improvvisa di tenerezza riconoscente, le posava la destra sul capo, con quello stesso sorrisetto discreto che pareva dicesse:

- Stai tranquilla, scioccherella! -

Però, nella rettitudine istintiva della sua coscienza, la zitellona sentiva nascere una ripugnanza, un'inquietudine dolorosa per tutto ciò che doveva esserci di losco e di pericoloso in quel romanzo clandestino. Allora correva a buttarsi ai piedi del confessore, nel nuovo fervore religioso in cui si era rifugiata quando aveva provato il più gran dolore della sua giovinezza, lo sconforto e l'abbandono d'ogni lusinga terrena, e domandava perdono per la dolce colpa che lei non aveva commesso, faceva la penitenza del peccato immaginario che era nella sua casa.

E calda ancora di quel fervore vi attingeva il coraggio per esortare il fratello a rientrare nel retto sentiero con delle allusioni velate, delle insinuazioni discrete, un'effusione di tenerezza timida e quasi materna.

- Peppino! - gli disse infine, - dovresti darmi una gran consolazione. Dovresti risolverti a prender moglie -.

Egli rizzò il capo, sorpreso prima, e poscia lusingato dalla proposta che gli toglieva vent'anni d'addosso, obbiettando col medesimo ingenuo entusiasmo della sua prima giovinezza che "il matrimonio è la tomba dell'amore" per farsi pregare ancora.

- Dammi retta, Peppino!... Poi quando non sarai più in tempo te ne pentirai!... -

Egli si ostinava a scrollare il capo, lusingato internamente di poter rifiutare per la prima volta; senza notare l'espressione dolorosa che c'era nell'accento della povera zitellona.

- No, non mi lascio pescare. Stai tranquilla. Amo troppo la mia libertà! -

Ella provava un senso strano di simpatia, di commiserazione, e di rancore per quel fanciulletto esile e pallido che la dama bionda era venuta a cercare, e che supponeva fosse il complice innocente della loro tresca. Lo covava cogli occhi da lontano, nascosta dietro la tenda, quasi egli portasse alla scuola, nei sereni lineamenti infantili, un riflesso delle seduzioni tentatrici della mamma, inquieta se lo scolaretto mancava qualche volta, almanaccando tutto un romanzo domestico dai menomi atti del ragazzo inconsapevole. Se lo chiamava vicino, quando poteva farlo da solo a solo, lo accarezzava, lo interrogava, gli faceva qualche regaluccio insignificante, attratta e ripugnante nello stesso tempo della sua grazia infantile. Un giorno il fanciulletto, tutto contento, le disse:

- Dopo le vacanze non vengo più a scuola -.

Ella gli chiese il perché, balbettando.

- La mamma dice che ora son grande. Andrò in collegio -.

Così terminò anche quel romanzo. Ella ne sentì prima un gran sollievo; ma nello stesso tempo un dubbio, uno sconforto amaro, vedendo dileguarsi anche le ultime illusioni, che aveva collocate sul fratello.

Il male che la rodeva da anni e anni la inchiodò infine nel letto. Il povero maestro non ebbe più un'ora di pace: sempre in faccende anche nei brevi istanti che la scuola gli lasciava liberi, scopando, accendendo il fuoco, rifacendo i letti, correndo dal medico e dallo speziale, coi baffi stinti, le scarpe infangate, il viso più incartapecorito ancora. Le vicine, mosse a compassione, venivano a dare una mano: ora l'una ed ora l'altra: donna Mena, la vedova del merciaio, con tutti gli ori addosso, come se andasse a nozze; e l'Agatina del falegname, lesta di mano e sempre allegra, che riempiva della sua gaia giovinezza la povera casa triste; talché il vecchio scapolo era tutto scombussolato da quelle gonnelle che gli si aggiravano per casa, tentato, anche in mezzo alle sue angustie, quasi da un ritorno di giovinezza, da sottili punture nel sangue e al cuore, che gli cocevano come un rimorso, nelle ore nere.

- Meglio, meglio. Ha riposato -.

Il poveraccio, al trovare quella buona notizia sulla soglia, le afferrò la mano tremante e la baciò.

- Oh, donna Mena. Che consolazione! -

Essa gli fece segno di tacere e lo condusse in punta di piedi a veder l'inferma, che riposava con una gran dolcezza sul viso, già lambito da ombre funebri. E come se la dolcezza di quell'istante di tregua gli si fosse comunicata, affranto dall'angoscia che aveva trascinato insieme ai suoi ragazzi da un capo all'altro della città, egli cadde a sedere sulla seggiola dietro la cortina, senza lasciare la mano di donna Mena, che la svincolò adagio adagio. La stanza era già oscura, con un senso di intimità misterioso e triste.

Ad un tratto la sorella svegliandosi lo chiamò, indovinando ch'era lì, e per la prima volta egli accendendo il lume si trovò imbarazzato dinanzi a lei insieme a un'altra donna.

Era stata una crisi terribile: la prima lotta colla morte che già abbrancava la preda. L'inferma, tornata in sé, guardava il lume, le pareti, il viso del fratello con certi occhi attoniti in cui durava ancora la visione di terrori arcani, e lo accarezzava col sorriso, col soffio della voce, colla mano tremante, in un ritorno di tenerezza ineffabile, che si attaccava a lui come alla vita.

E allorché furono soli, gli disse pure con quell'accento e quello sguardo singolari:

- No quella!... Quella no, Peppino! -

Verso l'agosto sembrò che cominciasse a stare alquanto meglio. Il sole giungeva fino al letto, dall'uscio del cortile, e la sera entravano a far compagnia tutti i rumori del vicinato, il chiacchierìo delle comari, lo stridere delle carrucole, nei pozzi tutto intorno, la canzone nuova che passava, l'accordo della chitarra con cui il barbiere dirimpetto ingannava l'attesa. La ragazza del falegname entrava con un fiore nei capelli, con un sorriso allegro che portava la gioventù e la salute.

- No, no, non ve ne andate ancora! Vedete il bene che fa a quella poveretta soltanto a vedervi!

- Si fa tardi, signor maestro. È un'ora che son qui.

- No, non è tardi. A casa vostra lo sanno che siete qui. Piuttosto dite che vi aspettano le compagne, lì sull'uscio.

- No, no.

- O l'innamorato, eh? Sarà l'ora in cui suole passare col sigaro in bocca...

- Oh... che dite mai, vossignoria!...

- Sì, sì, una bella ragazza come siete... è naturale. Chi non si innamorerebbe, al vedere quegli occhi... e quel sorriso... e quel visetto furbo.

- Ma cosa gli salta in mente adesso?... -

E un giorno s'arrischiò anche a dirle, nel vano dell'uscio tutto illuminato dalla luna:

- Ah! foss'io quel tale!

- Lei, signor maestro!... Che dice mai! -

L'emozione lo prendeva alla gola, mentre la ragazza, per rispetto, non osava ritirare la mano che le aveva afferrata. E traboccarono frasi sconnesse: L'amore che eguaglia: la poesia ch'è profumo dell'anima: i tesori d'affetto che si cristallizzano nelle anime timide: la divina voluttà di cercare il pensiero e il volto dell'amata nel raggio della luna, a un'ora data. - La ragazza lo guardava quasi impaurita, con grand'occhi spalancati, e tutta bianca nel raggio della luna.

- Non dimenticherò mai quest'ora che mi avete concesso, Agata! Né questo nome! mai! Divisi, lontani... ma ricorderemo... entrambi...

- Mi lasci andare, mi lasci andare. Buona sera -.

L'inferma, appoggiata a un mucchio di guanciali, chiacchierava sottovoce col fratello, seduto accanto al letto, ancora col cappello in testa e la mazzettina fra le gambe. Pareva che avesse a dirgli una cosa importante, dai silenzi improvvisi che le soffocavano la parola in gola, dalle occhiate lunghe che posava su lui, dai rossori fugaci che passavano sul pallore del viso disfatto. Infine, chinando il capo, gli disse:

- Perché non ci pensi ad accasarti?

- No, no! - rispose lui, scrollando il capo.

- Sì, ora che sei in tempo... Devi pensarci finché sei giovane... Poi, quando sarai vecchio... e solo... come farai? -

Il fratello, sentendosi vincere dalle lagrime, conchiuse, per tagliar corto:

- Non è tempo di parlarne adesso! -

Però essa ritornava spesso sullo stesso argomento.

- Se trovassi una bella giovinetta, ricca, istruita, di buona famiglia, che facesse per te... -

E una sera che si sentiva peggio torno a parlargliene ancora, coll'inquieto cicaleccio proprio del suo stato.

- No, lasciami dire, ora che ho un po' di fiato. Non posso permettere che ti sacrifichi per tenermi compagnia... tutta la tua giovinezza... Una buona dote non può mancarti. E se lasci la scuola, tanto meglio. Vivremo tutti insieme; faremo una casa sola. Uno stanzino mi basterà, purché sia molto arioso. Vorrei che fosse verso il giardino. Della strada non so che farmene, oramai... Ho sempre desiderato di vedere il cielo, stando in letto... e del verde, degli alberi... come, per esempio, averci una finestra là dove c'è ora la cortina, una finestra che guardasse nei campi... -

Si udiva la pioggia che scrosciava nel cortiletto, una di quelle piogge che annunziano l'autunno, e la pentola di latta, lasciata fuori, che risonava sotto la grondaia. Un gatto, nella bufera, chiamava ai quattro venti, con voce umana.

Il maestro, che aveva seguìto il vaneggiare della sorella verso il verde ed il sole, coll'allucinazione perenne che era in lui, le chiese affettuosamente:

- Ora che viene l'autunno saresti contenta d'andare in campagna?

- E la scuola? - ribatté lei con un sorriso malinconico. - Se tu pigliassi una buona dote invece... con dei poderi...

- Benedette donne! quando si ficcano un chiodo in testa!... - rispose lui con un sorrisetto malizioso.

E pareva esitare a decidersi. Ma dopo averci pensato su, finì col dire:

- Non mi vendo, no! -

E abbottonò il soprabito con dignità.

- Se ho da fare una scelta... Se mai... È inutile! - conchiuse finalmente. - Amo troppo la mia libertà! -.

Ella insisteva a dire che queste cose si fanno finché uno è giovane, che se no si finisce in mano della serva o di qualche intrigante.

Poi, siccome il fratello non voleva arrendersi, la zitellona si lasciò scappare in un impeto di gelosia, alludendo alle vicine:

- Vedi che già ti si ficcano in casa, e cominciano a fare dei disegni su di te? -

E la poveretta morì col crepacuore di lasciare il fratello esposto alle insidie di quelle intriganti.

Com'ella aveva fatto un gran vuoto in quel bugigattolo, per quanto poco spazio vi avesse occupato in vita, e il fratello vi si sentiva come perduto in una gran solitudine, in una gran desolazione, nelle ore che i ragazzi gli lasciavano libere, prese ad andare dal falegname, tutte le sere, attratto da una gratitudine dolce e malinconica verso la ragazzona che aveva avuta tanta carità per la sua povera morta. Ma il falegname, che certe cose non le intendeva, gli fece capire che in bottega del maestro di scuola non sapeva che farsene, e gli facesse invece il piacere di levarsi di quei trucioli.

Anche donna Mena, qualche tempo dopo, quando vide che le visite del maestro si facevano troppo frequenti, col pretesto dell'Aloardino, e non finiva mai di ringraziarla dell'assistenza che aveva fatta alla sua povera sorella, per stringerle la mano e farle gli occhi di triglia, gli disse sul mostaccio:

- Orsù, signor maestro, facciamo a parlarci chiaro, ché il vicinato comincia a mormorare dei fatti nostri -.

Il poveraccio, colto alla sprovvista, si confuse. Ma infine prese il suo coraggio a due mani:

- Or bene, donna Mena! Anche quella poveretta l'aveva previsto. Non ho voluto decidermi mai a fare questo passo, perché amavo troppo la mia libertà... Ma ora che vi ho conosciuta meglio... se volete...

- Eh, non li avevate fatti male i vostri conti, caro mio, poiché siete stanco d'andare attorno coi ragazzi! Ma il fatto mio ce lo siamo lavorato io e la buon'anima di mio marito... E non per farcelo mangiare a tradimento -.

Ogni giorno, mattina e sera, tornava a passare il maestro dei ragazzi, con un fanciulletto restìo per mano, gli altri sbandati dietro, il cappelluccio stinto sull'orecchio, le scarpe sempre lucide, i baffetti color caffè, la faccia rimminchionita di uno ch'è invecchiato insegnando il b-a-ba, e cercando sempre l'innamorata, col naso in aria.

Soltanto, tornando a casa serrava a chiave l'uscio, per scopare la scuola, rifare il letto, e tutte le altre piccole faccenduole per le quali non aveva più nessuno che l'aiutasse. La mattina, prima di giorno, accendeva il fuoco, si lustrava le scarpe, spazzolava il vestito, sempre quello, e andava a bere il caffè nel cortiletto, seduto sulla sponda del pozzo, tutto solo e malinconico, col bavero del pastrano sino alle orecchie. Ed ora che la povera morta non ne aveva più bisogno, risparmiava anche quei due soldi di latte.

UN PROCESSO

All'Assise discutevasi una causa capitale. Si trattava di un facchino che per gelosia aveva ucciso il suo rivale, giovane dabbene e padre di famiglia. La folla inferocita voleva far giustizia sommaria dell'assassino, pallido e lacero dalla lotta, che i carabinieri menavano in prigione. La vedova dell'ucciso era venuta, come Maria Maddalena, per chiedere giustizia a Dio e agli uomini, in lutto, scarmigliata, coi suoi orfani attaccati alla gonnella, mentre l'usciere andava mostrando ai signori giurati l'arma con cui era stato commesso l'omicidio: un coltelluccio da tasca, poco più grande di un temperino, di quelli che servono a sbucciare i fichidindia, ancora nero di sangue sino al manico. Il presidente domandò:

- Con questo avete ucciso Rosario Testa? -

Tutti gli occhi si volsero alla gabbia dov'era rinchiuso l'imputato, un vecchio alto e magro, dal viso color di cenere, coi capelli irti e bianchi sulla fronte rugosa. Egli ascoltava l'accusa senza dir verbo, col dorso curvo; e seguiva cogli occhi l'usciere, il quale passava dinanzi al banco dei giurati col coltello in mano. Soltanto batteva le palpebre, quasi la poca luce che lasciavano entrare le persiane chiuse fosse ancora troppo viva per lui.

Alla domanda del presidente si rizzò in piedi, diritto, col berretto ciondoloni fra le mani, e rispose:

- Sissignore, con quello -.

Corse un mormorio nell'uditorio. Era una giornata calda di luglio, e i signori giurati si facevano vento col giornale, accasciati dall'afa e dal brontolio sonnolento delle formule criminali. Nell'aula c'era poca gente, amici e parenti dell'ucciso, venuti per curiosità. La vedova, stralunata, si teneva sul viso il fazzoletto orlato di nero, e faceva frequentemente un gesto macchinale, come per ravviare le folte trecce allentate, colle mani bianche, levando in aria le braccia rotonde, con un moto che sollevava il seno materno, orgoglio della sua bella giovinezza vedovata. E fissava sitibonda sull'uccisore gli occhi arsi di lagrime.

Costui non sapeva risponder altro che: - sissignore - a tutte le domande del presidente che gli stringevano il capestro alla gola, guardando inquieto i movimenti d'indignazione dei giurati, non avvezzi alla severa impassibilità della toga, con un'aria di bestia sospettosa. Incominciò la sfilata dei testimoni, tutti a carico. - Gli amici del morto, un buon diavolaccio, incapace di far male ad una mosca, - la vedova piangeva. - I vicini che l'avevano visto barcollare, come preso dal vino, e cadere balbettando: - Mamma mia! - Quelli che avevano gridato: - All'assassino! - Il coraggioso che aveva afferrato pel petto l'omicida, prima che giungessero le guardie, nella brusca e feroce lotta per lo scampo.

- Giustizia! giustizia! - gridava nella folla la vedova, colla voce del sangue che chiedeva sangue, accompagnata dal piagnisteo degli orfani, inteneriti dalla solennità.

Infine fu introdotto un testimonio sinistro, l'amante che quei due uomini si erano disputata a colpi di coltello: una creatura senza nome, senza età, quasi senza sesso, alta, nera, magra, mangiata dagli stenti e dal vizio, che solo le era rimasto vivo negli occhi arditi. - Destò un senso di ripugnanza al solo vederla. - Il pubblico accusatore l'aveva fatta venire appunto per ciò.

Ella si piantò tranquillamente in faccia al Cristo, alla legge, a tutti quei visi arcigni, colla sicurezza di chi ha visto in maniche di camicia gli sbirri e i doganieri, e giurò, levando la mano sudicia e nera verso il crocifisso d'avorio, come avrebbe fatto una vergine dinanzi all'altare, baciando lo scapolare bisunto che trasse dal seno cascante.

- Come vi chiamate?

- La Malerba -.

E siccome l'uditorio, nell'attesa tragica, s'era messo a ridere, quasi per ripigliar fiato, ella soggiunse:

- Anche lui, gli dicevano Malannata -.

E indicò l'imputato nel banco.

- Di chi siete figlia?

- Di nessuno.

- Quanti anni avete?

- Non lo so.

- Che professione fate? -

"Essa parve cercare la parola."

- Donna di mondo, - disse infine.

Scoppiò un'altra risata nell'uditorio. Il presidente impose silenzio scampanellando.

- Sì, donna di mondo, - ribatté lei per spiegarsi meglio. - Ora con questo, e ora con quell'altro.

- Basta, abbiamo capito, - interruppe il presidente.

- Conoscete da molto tempo l'imputato?

- Sissignore. Questo qui me l'ha fatto lui, tre anni sono -.

E indicò fieramente uno sfregio che le segnava la guancia, dall'orecchio sinistro al labbro superiore.

- E non ve ne querelaste?

- No. Era segno che mi voleva bene.

- Foste presente all'uccisione di Rosario Testa?

- Sissignore. Fu alla Marina: il giorno di tutti i Santi.

- E ne sapete il motivo?

- Il motivo fu che Malannata era geloso...

- Geloso di Testa?

- Sissignore.

- E a ragione?

- Sissignore -.

Allora la vedova si celò il viso fra le mani.

- Com'è possibile che Rosario Testa, giovane, marito di una bella donna, gli desse ragione d'essere geloso... per voi?

- Com'è vero Dio, questa è la verità, - rispose la Malerba.

- Va bene, continuate.

- Avevo conosciuto quel poveretto... il morto, prima di quest'altro cristiano, molto tempo prima, prima ancora che si maritasse. Allora mi chiamavano la Mora dei Canali, Rosario Testa faceva il fruttaiuolo, lì alla Peschiera. Era un libertino, buon'anima. Le lavandaie dei Canali, le serve che venivano a far la spesa, con quella sua galanteria di far regali, se le pigliava tutte. Ma per me specialmente ci aveva il debole, ché una volta alla festa dell'Ognina gli ruppero la testa per via di un marinaio ubriaco che mi voleva. Poi seppi che si maritava e mutava vita. Andò a stare a San Placido col suo banchetto. Né visto né salutato. Io mi misi con Malannata, sì, ch'erano i giorni del colèra.

Buon uomo anche lui, buono come il pane, e se lo levava di bocca, quel poco che guadagnava, per darlo a me. Ma geloso come il Gran Turco: "Dove sei stata? Cosa hai fatto?" E poi si picchiava la testa con un sasso, pentito delle botte che mi dava. Quell'annata del colèra, che tutti scappavano via e si moriva di fame davvero, egli voleva anche mettersi a beccamorto, per non farmi fare la mala vita, col castigo di Dio che si aveva addosso. Si lasciava morire di fame piuttosto che mangiare del mio guadagno.

Sì, glielo dico in faccia, ora che l'avete a condannare, perché questa è la verità dinanzi a Dio. Mi diceva, poveretto: "No, non me ne importa. È che penso al come lo guadagni, questo pane, e non posso mandarlo giù". Ma io che potevo farci? Poi lui lo sapeva che cosa io ero. "Non importa", tornava a dire: "almeno non ci voglio pensare". Ma aveva i suoi capricci anche lui, come una donna, e certuni non me li voleva attorno. Allora diventava come un pazzo; si strappava i capelli e si rosicava le mani, perché non era più giovane. Quando mi vedeva insieme al doganiere del molo, che era un bell'uomo, colla montura lucida, mi diceva: "Vedi questo quattrino arrotato, che io tengo in tasca apposta? con questo ti taglierò la faccia, e dopo m'ammazzo io". E lo fece davvero. Io gli dissi: "Che serve? Ora che m'avete sfregiata nessuno mi vorrà, e non sarete più geloso" -.

S'interruppe, con un orribile sorriso di trionfo, guardando sfrontatamente in giro il presidente, i giurati, i carabinieri, cinghiati di bianco, incrociando sul petto il vecchio scialle, con un gesto vago.

- Ma non fu così, signor presidente. Mi volevano ancora, per sua bontà. Già gli uomini, sono come i gatti...

- E anche Rosario Testa? -

Ella chinò il capo, assentendo, due o tre volte, con quel sorriso.

- Sissignore, anche lui! -

La vedova adesso la guardava cogli occhi ardenti e feroci, le labbra pallide come le guance.

- V'ho detto ch'era un discolo, buon'anima. E anch'io, al rivederlo, mi sentivo tutta fiacca, come m'avesse fatto bere. Dicevo di no, perché Malannata era lì vicino, a scaricar zolfo nel magazzino dietro la Villa, e tante volte mi aveva detto lui pure: "Bada che se torni con Rosario, vi faccio la festa a tutti e due". Ma l'amore antico non si scorda più, vossignoria!

- Basta. Dite come avvenne l'omicidio.

- Così, come ve lo dico adesso, signor presidente, col coltello dei fichidindia, quello lì.

- Testa era armato?

- Lui? povero ragazzo! Mi aveva invitato a' fichidindia, una galanteria delle sue, lì, al banco di Pocaroba, che ce li ha di quelli di Paternò, sino a Natale. Pocaroba dice: "Badate che Malannata è in sospetto. L'ho visto che si affaccia ogni momento alla porta del magazzino, e tien d'occhio compare Rosario". E Testa: "Lasciatelo guardare, compare Pocaroba, che me ne rido di Malannata e del suo santo". Allora lasciai stare i fichidindia, e cercavo di condurmi via l'altro; quand'ecco quel cristiano lì correre dall'arco della ferrovia, tutto bianco di zolfo, e cogli occhi come uno che ha bevuto, e in due salti ci fu addosso; afferrò il coltello, dal banco dei fichidindia, prima di dire Gesù e Maria...

- Accusato, avete qualche cosa da aggiungere?

- Nulla, signor presidente. Questa è la verità sacrosanta -.

Allora sorse il pubblico accusatore, togato e solenne, a malgrado della nota mondana dell'alto colletto inamidato che gli usciva dal nero della toga; e fulminò il reo colla sua implacabile requisitoria, facendo inorridire i giurati col quadro del vizio abbietto che vive nel fango dei bassi strati sociali, per dar l'orrido fiore del delitto, senza neppure la febbre della giovinezza, della passione o dell'onore, senza nemmeno la scusa della tentazione o della gelosia. - Il vizio che vive del disonore ed osa ribellarvisi col delitto -. E stendeva verso quel grigio capo avvilito l'indice minaccioso, dall'unghia rosea e lucente.

Le signore, che dovevano alla sua galanteria i posti riservati dell'aula, rianimavano la loro indignazione col profumo della boccetta di sale inglese, soffocate dall'afa; e i larghi ventagli si agitavano vivamente a scacciare il lezzo immondo della colpa, come farfalle gigantesche. Poscia il magistrato si assise tranquillamente, ringraziando, con un impercettibile sorriso, all'applauso discreto di quei ventagli che s'inchinavano, ponendosi sul viso il fazzoletto di battista. Solo l'imputato non aveva caldo, seduto sulla sua panchetta, col dorso curvo, il viso color di terra rivolto verso tutte quelle infamie che gli rinfacciavano.

A sua volta prese a parlare l'avvocato. Era un giovane di belle speranze, delegato d'ufficio dal presidente a quella difesa senza compenso. Egli sfoderò gratuitamente tutte le sue brillanti qualità oratorie. Esaminò lo stato psicologico e morale degli attori del lugubre dramma; sciorinò le teorie più nove sul grado di responsabilità umana; argomentò sottilmente intorno alle circostanze di fatto, per farne risultare tutto ciò che occorreva a dimostrare la provocazione grave e l'ingiuria. Qui veniva a taglio una pittura commoventissima di quella morbosa gelosia senile, che doveva avere tutti gli strazi e le collere furibonde dell'umiliazione e dell'abbandono. Sì, egli lo sapeva, non erano le coscienze di uomini onesti, vissuti nel culto della famiglia, resi più sensibili dagli agi, che avrebbero potuto scendere negli abissi di quei cuori tenebrosi e di quelle infime esistenze per scoprire il movente di certe delittuose follie. Forse soltanto il sentimento più delicato e immaginoso di quelle dame eleganti, avrebbe potuto sorprendere il tenue filo per cui si legano i fatti più mostruosi al sentimento più nobile in quegli animi rozzi. Egli seguì cotesta fatale concatenazione che c'è fra tutti i sentimenti e le azioni umane con una analisi così acuta, che più di un onesto padre di famiglia sentì turbata la sua digestione dallo smarrimento della colpa, mentre era lì, seduto a giudicare, pensando al ricolto del podere, o al fresco del terrazzino dove lo stava aspettando la famigliuola. Per poco non si udirono degli applausi alla perorazione dell'avvocato. Lo stesso presidente gli fece velatamente i mirallegro.

- Accusato, avete nulla da dire a vostra discolpa? - conchiuse il presidente.

L'accusato si alzò di nuovo, colle braccia penzoloni, lungo la sua stecchita persona, e un gesto vago dell'indice, come d'uomo persuaso di quel che dice.

- Signor presidente, ho ucciso Rosario Testa, devo andare a morte anch'io, com'è scritto nella legge, e va bene. La Malerba, poveretta, è quella che è, e anche ciò va bene. Ma quando me la lasciavano sulla panchina del molo come una scarpa vecchia, chi andava a dirle una buona parola ero io; e a chi ella diceva una buona parola quando aveva il cuore grosso, ero io pure. Gli altri, pazienza, oggi questo, domani quell'altro; le buttavano dei soldi e delle male parole, ed essa non ci pensava più. Ma Testa, nossignore! Essa quando era stata con lui, mi ritornava a casa tutta sossopra, cogli occhi che pareva ci avesse la luminaria dentro. Io glielo aveva detto a Testa: "Guarda che a te non te ne importa. Tu ci hai moglie e figliuoli; ma io non ho che questa qui, Testa!" -

Poi tornò a sedersi, accennando ancora del capo, mentre la Corte si ritirava per deliberare. E rimase immobile, nell'ombra, aspettando il suo destino. Era venuta la sera. La folla s'era diradata, e nella sala accendevano il gas. Infine squillò di nuovo un campanello, e comparvero di nuovo le stesse toghe nere, le stesse facce pallide e stanche che guardavano l'imputato. Egli non capiva nulla delle frasi che borbottavano in mezzo a quella folla, nell'ombra. Intese solo il presidente che pronunziava la condanna: - A vita! -

E si alzò un'ultima volta, barcollando sulle gambe, accennando sempre coll'indice quel gesto vago ch'era tutta la sua eloquenza, e balbettò:

- Io glielo avevo detto a colui, signor presidente -.

LA FESTA DEI MORTI

Nella collina solitaria, irta di croci sull'occidente imporporato, dove non odesi mai canto di vendemmia, né belato d'armenti, c'è un'ora di festa, quando l'autunno muore sulle aiuole infiorate, e i funebri rintocchi che commemorano i defunti dileguano verso il sole che tramonta. Allora la folla si riversa chiassosa nei viali ombreggiati di cipressi, e gli amanti si cercano dietro le tombe.

Ma laggiù, nella riviera nera dove termina la città, c'era una chiesuola abbandonata, che racchiudeva altre tombe, sulle quali nessuno andava a deporre dei fiori. Solo un istante i vetri della sua finestra s'accendevano al tramonto, quasi un faro pei naviganti, mentre la notte sorgeva dal precipizio, e la chiesuola era ancora bianca nell'azzurro, appollaiata come un gabbiano in cima allo scoglio altissimo che scendeva a picco sino al mare. Ai suoi piedi, nell'abisso già nero, sprofondavasi una caverna sotterranea, battuta dalle onde, piena di rumori e di bagliori sinistri, di cui il riflusso spalancava la bocca orlata di spuma nelle tenebre.

Narrava la leggenda che la caverna sotterranea, per un passaggio misterioso, fosse in comunicazione colla sepoltura della chiesetta soprastante; e che ogni anno, il dì dei Morti - nell'ora in cui le mamme vanno in punta di piedi a mettere dolci e giocattoli nelle piccole scarpe dei loro bimbi, e questi sognano lunghe file di fantasmi bianchi carichi di regali lucenti, e le ragazze provano sorridendo dinanzi allo specchio gli orecchini o lo spillone che il fidanzato ha mandato in dono per i morti - un prete sepolto da cent'anni nella chiesuola abbandonata, si levasse dal cataletto, colla stola indosso, insieme a tutti gli altri che dormivano al pari di lui nella medesima sepoltura, colle mani pallide in croce, e scendessero a convito nella caverna sottostante, che chiamavasi per ciò "la Camera del Prete". Dal largo, verso Agnone, i naviganti s'additavano l'illuminazione paurosa del festino, come una luna rossa sorgente dalla tetra riviera.

Tutto l'anno, i pescatori che stavano di giorno al sole sugli scogli circostanti, colla lenza in mano, non vedevano altro che lo spumeggiare della marea, quando s'internava muggendo nella "Camera del Prete", e il chiarore verdognolo che ne usciva colla risacca; ma non osavano gettarvi l'amo. Un palombaro che s'era arrischiato a penetrarvi, nuotando sott'acqua, uno che non badava né a Dio né al diavolo, pel bisogno che lo stringeva alla gola, e i figliuoli che aspettavano il pane, aveva visto il chiarore ch'era lì dentro, azzurro e ondeggiante al pari di quei fuochi che s'accendono da sé nei cimiteri, il pietrone liscio e piatto, come una gigantesca tavola da pranzo, e i sedili di sasso tutt'intorno, rosi dall'acqua, e bianchi quali ossa al sole. L'onda che s'ingolfava gorgogliando nella caverna, scorreva lenta e livida nell'ombra, e non tornava mai indietro; come non tornò più quel poveretto che s'era strascinato via. L'estate, nell'ora in cui ogni piccola insenatura della riva risonava della gazzarra dei bagnanti, l'onda calma scintillava, rotta dalle braccia di qualche ragazzo che nuotava verso le sottane bianche, formicolanti come fantasmi sulla spiaggia. - Così quel prete, un sant'uomo, aveva perso l'anima e la ragione dietro i fantasmi delle terrene voluttà, il giorno in cui Lei - la tentazione - era venuta a confessargli il suo peccato, nella chiesetta solitaria ridente al sole di Pasqua, col seno ansante e il capo chino, su cui il riflesso dei vetri scintillanti accendeva delle fiamme impure. Da cent'anni le sue ossa, consunte dal peccato, posavano nella fossa, stringendosi sul petto la stola maculata. Ivi non giungevano gli strilli provocanti delle ragazze sorprese nel bagno, né il canto bramoso dei giovani, né le querele delle lavandaie, né il pianto dei fanciulli abbandonati. La luna vi entrava tacita dallo spiraglio aperto nella roccia, e andava a posarsi, uno dopo l'altro, su tutti quei cadaveri stesi in fila nei cataletti, sino in fondo al sotterraneo tenebroso, dove faceva apparire per un istante delle figure strane. L'alba vi cresceva in un chiarore smorto, che al fuggire delle ombre sembrava far correre un ghigno sinistro sulle mascelle sdentate. Il giorno lungo della canicola indugiava sotto le arcate verdognole, con un brulichìo furtivo di esseri immondi in mezzo all'immobilità di quei cadaveri.

Erano defunti d'ogni età e d'ogni sesso: guance ancora azzurrognole, come se fossero state rase ieri l'ultima volta, e bianche forme verginali coperte di fiori; mummie irrigidite nei guardinfanti rigonfi, e toghe corrose che scoprivano tibie nerastre. Dallo spiraglio aperto nell'azzurro entravano egualmente il soffio caldo dello scirocco, e i gelati aquiloni che facevano svolazzare come farfalle di bruchi le trine polverose e i riccioloni cadenti dai crani gialli. I fiori, già secchi di lagrime, si agitavano pel sotterraneo, come vivi, e andavano a posarsi su altre labbra rose dal tempo; e appena il vento sollevava i funebri lenzuoli, stesi da mani smarrite d'angoscia su caste membra amate, occhi inquieti di rettili immondi guardavano furtivi nelle ossa nude.

Poscia, nell'ore in cui il sole moriva sull'orlo frastagliato dello spiraglio, il ghigno schernitore di tutte le cose umane sembrava allargarsi sui teschi camusi, e le occhiaie vuote farsi più nere e profonde, quasi il dito della morte vi avesse scavato fino alla sorgente delle lagrime. Là non giungeva nemmeno il mormorio delle preci recitate all'altare in suffragio dei defunti che dormivano sotto il pavimento della chiesuola, e i singhiozzi dei parenti non passavano il marmo della lapide. Le raffiche delle notti di fortuna scorrevano gemendo sulla casa dei morti, senza lasciarvi un pensiero per coloro che in quell'ora erravano laggiù, pel mare tempestoso, coi capelli irti d'orrore al sibilo del vento nel sartiame; né un senso di pietà per le povere donne che aspettavano sulla riva, sferzate dal vento e dalla pioggia; né un ricordo delle lagrime che videro forse, nell'ora torbida dell'agonia, e che bagnarono quegli stessi fiori che adesso vanno da una bara all'altra, come li porta il vento. - Così le lagrime si asciugarono dietro il loro funebre convoglio; e le mani convulse che composero nella bara le loro spoglie, si stesero ad altre carezze; e le bocche che pareva non dovessero accostarsi ad altri baci, insegnano ora sorridendo a balbettare i loro nomi ai bimbi inginocchiati ai piedi dello stesso letto, colle piccole mani in croce, perché i buoni morti lascino dei buoni regali ai loro piccoli parenti che non conobbero. - Tanto tempo è passato, insieme alle bufere della notte, e al soffio d'aprile, colle ore che suonano uniformi e impassibili anch'esse sul campanile della chiesuola, sino a quella del convito!

A quell'ora tutti gli scheletri si levano ad uno ad uno dalle bare tarlate, coi legacci cascanti sulle tibie spolpate, colla polvere del sepolcro nelle orbite vuote, e scendono in silenzio nella "Camera del Prete", recando nelle falangi scricchiolanti le ghirlande avvizzite, col ghigno beffardo di tutte le cose umane nelle bocche sdentate.

Più nulla! più nulla! - Né la tua treccia bionda, che ti cade dal cranio nudo. - Né i tuoi occhi bramosi, pei quali egli sfidò il disonore e la morte, onde portarti il bacio delle labbra che non ha più. Ti rammenti, i baci insaziati che dovevano durare eterni? - E neppure i morsi acuti della gelosia, il delirio sanguinoso che mise in mano a quell'altro l'arma omicida. - Né le lagrime che si piangevano attorno a quel letto, e quel morente voleva stamparsi negli occhi dilatati dall'agonia. - Né le ansie delle notti vegliate in quella stanza già funebre, in quell'attesa già disperata. - Né le carezze con cui il caro bimbo pagava il latte di quel seno e i dolori di quella maternità. - E neppure le lotte in cui l'uno si è logorato. - Né le speranze che hanno accompagnato l'altro sin là. - Né i fiori del campo per cui si è tanto sudato. - Né i libri sui quali si è vissuto tanta e tanta vita. - Né la bestemmia del marinaio che stringe ancora le alghe secche nelle falangi contratte. - Né la preghiera del prete che implora il perdono dei falli umani. - E non l'azzurro profondo del cielo tempestato di stelle; né il tenebrore vivente del mare che batte allo scoglio. - L'onda che s'ingolfa gorgogliando nella caverna sotterranea, e scorre lenta e livida sulla "Tavola del Prete" si porta via per sempre le briciole del convito, e la memoria di ogni cosa.

Ora nel costruire la diga del molo nuovo, hanno demolito la chiesuola e scoperchiano la sepoltura. La macchina a vapore vi fuma tutto il giorno nel cielo azzurro e limpido, e l'argano vi geme in mezzo al baccano degli operai. Quando rimossero l'enorme pietrone posato a piatto sul piedistallo di roccia come una tavola da pranzo, un gran numero di granchi ne scappò via, e quanti conoscevano la leggenda, andarono narrando che avevano visto lo spirito del palombaro ivi trattenuto dall'incantesimo. Il mare spumeggiante sotto la catena dell'argano tornò a distendersi calmo e color del cielo, e scancellò per sempre la leggenda della "Camera del Prete".

Nel raccogliere le ossa del sepolcreto per portarle al cimitero, fu una lunga processione di curiosi, perché frugando fra quegli avanzi, avevano trovato una carta che parlava di denari, e molti pretendevano di essere gli eredi. Infine, non potendo altro, ne cavarono tre numeri pel lotto. Tutti li giocarono, ma nessuno ci prese un soldo.

ARTISTI DA STRAPAZZO

Su tutte le cantonate immensi cartelloni a tre colori annunziavano:

CAFFÈ-CONCERTO NAZIONALE

QUESTA SERA

DEBUTTO DI MADAMIGELLA EDVIGE

GRAN SUCCESSO DEL GIORNO

SENZA AUMENTO SUL PREZZO DELLE CONSUMAZIONI

I pochi avventori mattutini del "Caffè-Concerto Nazionale", già avvezzi ai grandi successi, non degnavano neppure di un'occhiata il lenzuolo bianco, verde e rosso, sciorinato dietro il banco, sul capo della padrona, la quale stava discutendo con una ragazza alta e magra, che la supplicava a voce bassa, in atteggiamento umile, infagottata nella cappa lisa. In un canto il lavapiatti sbracciato scopava un tavolone che la sera faceva da palco, parato a drappelloni bianchi, verdi e rossi; ornato di corone d'alloro di carta, che pendevano malinconiche.

La padrona scrollava il capo ostinatamente, stringendosi nelle spalle. L'altra insisteva sempre a mani giunte, facendosi rossa, quasi piangendo. Infine, come entrò un forestiero stracco a bere un moka da venti centesimi, col naso sul giornale del giorno innanzi, la ragazza si rassegnò ad intascare i pochi soldi che la padrona le contava ad uno ad uno sul marmo, con un fare d'elemosina.

Alle otto in punto di sera, accesi i lumi del pianoforte, il maestro, un giovanotto allampanato sotto una gran barba e uno zazzerone che se lo mangiavano, dopo un grande inchino alla sala quasi vuota, incominciò timidamente una ouverture di propria fabbrica, mentre il "Caffè-Concerto Nazionale" andavasi popolando a poco a poco. Dopo montò sul tavolone un pezzo d'uomo, vestito tutto di rosso come un gambero cotto, con due enormi sopracciglia alla chinese, per darsi un'aria satanica, e dei cornetti inargentati. Egli si mise ad urlare "la canzone dell'oro" come un ossesso, allargando le gambe sul tavolato, stendendo gli artigli minacciosi verso l'uditorio, con certi occhi terribili e certe boccacce sardoniche che volevano incutere terrore. Al "dio dell'oro" mescolavasi l'acciottolìo dei piattini, lo sbattere dell'usciale e la voce dei tavoleggianti, i quali gridavano: - Panna e cioccolata! - oppure: - Tazza Vienna! - Mefistofele salutò lo scarso pubblico, che non gli badava, e scese adagio adagio la scaletta col mantelletto ad ali di pipistrello che gli sventolava dietro.

- Stasera avremo il gran debutto, - osservò un avventore che centellava da tre quarti d'ora una chicchera di levante.

- Il successo del giorno! - grugnì il vicino, ch'era sempre lì a quell'ora, colla coppa di Vienna vuota dinanzi, un mucchio di giornali sotto la mano, e la moglie addormentata accanto.

Infatti, dopo il pezzo con variazioni per pianoforte sulla Stella confidente venne il duetto dell'Ernani, e comparve un'altra volta dalla cucina il baritono vestito alla spagnuola, con un medaglione d'ottone che gli ballava sul ventre, e un cappello piumato in testa, facendo largo a madamigella Edvige, tutta di bianco come un fantasma, sotto la polvere d'amido e la veste di raso del rigattiere.

- Che braccia magre! - osservò un dilettante, fiutandole quasi sotto i guanti lunghi e duri di benzina.

Carlo V offrì cavallerescamente la mano ad Elvira per montare sul palco malfermo, e lì, nella gran sala piena di fumo, il duetto incominciò. Ahimé! una vera delusione pel pubblico e pel Caffettiere. Madamigella Edvige aveva una voce stridente che faceva voltare arrabbiati anche i tranquilli lettori di giornali; e la poveretta, pallida come una morta, aveva un bell'annaspare colle mani, e dimenare i fianchi, rizzandosi sulla punta delle scarpette di raso troppo larghe, per acchiappare le note. Una voce, dal fondo della sala gridò: - Presto! un bicchier d'acqua! - E tutto l'uditorio scoppiò a ridere. Carlo V invece se la cavava magnificamente, avendo le signore dalla sua, pei suoi effetti di polpa, sotto le maglie di colore incerto, e le sue note alte che assordavano perfino i camerieri, e facevano tintinnare le gocciole delle lumiere. La debuttante scese dal palco più morta che viva, incespicando, colle sottane in mano, fra gli spintoni dei tavoleggianti che correvano di qua e di là, portando i vassoi in aria.

Il dilettante di prima osservò pure:

- Che piedi! -

Seduta in un cantuccio della cucina, fra i lazzi degli sguatteri, e il fumo delle casseruole, la debuttante aspettava scorata la sua sentenza, ed anche la cena, ch'era compresa nell'onorario, alla tavola comune, insieme al cuoco, il baritono, i camerieri ed il maestro, ancora in cravatta bianca. Quest'ultimo, un gran buon diavolo, malgrado la sua barbona, cercava di confortarla come poteva: - La sala era tanto sorda! Chissà, una seconda volta, quando fosse stata più sicura dei suoi mezzi... - La poveretta rispondeva di tanto in tanto con un'occhiata umile e riconoscente a quelle buone parole. Il baritono intanto, con un pastrano peloso gettato sul giustacuore di Carlo V, e un tovagliuolo al collo, divorava in silenzio. - Artisti bisogna nascere! - osservò infine a bocca piena.

La padrona, chiuso il libro e spenti i lumi del Caffè, era scesa in cucina a dare un'occhiata. Alla povera ragazza, che aspettava col viso ansioso, disse bruscamente:

- Cara mia, me ne dispiace, ma non ne facciamo nulla. Avete visto che fiasco? -

L'altra rimaneva a capo chino, coi fiori di carta nei capelli, e le spalle infarinate. - Mangiate, mangiate pure! - ripigliava la padrona, una buona donna. - Che diamine! Non voglio che la gente vada via a pancia vuota da casa mia -. Il maestro, che pensava al poi, le spingeva il piatto sotto il naso. Ma la poveretta non aveva più fame; si sentiva la gola come stretta dai singhiozzi; andava riponendo adagio adagio nella borsetta i guanti lavati, i fiori di carta, e le scarpette di raso; senza però potersi risolvere ad andarsene. Due ragazzacci, che parlavano forse di tutt'altro, si misero a sghignazzare. Allora essa salutò umilmente tutti, e s'avviò.

Sulla porta un cameriere in giubba stava spengendo i lumi, e staccava il cartellone del Concerto, canticchiando: - Gran successo del giorno! -

Per la via buia e deserta da stringere il cuore, correvano le prime raffiche d'autunno. Il maestro, mosso a compassione, le era corso dietro.

- Vuol essere accompagnata a casa?... Senza complimenti.

- No, grazie, sto lontano assai.

- Diamine! diamine! Anch'io sono aspettato a casa... Ma non posso lasciarla andare sola come un cane... Vuol dire che affretteremo il passo.

- Davvero... Non vorrei abusare.

- No, no, spicciamoci piuttosto! Anche per me è tardi... Ci ha qualcuno che l'aspetti?

- Nossignore, nessuno.

- Almeno ci avrà qualche conoscente qui?

- Neppure, signore; sono arrivata la settimana scorsa, con una lettera pel Caffè Nazionale: una corista, mia compagna che vi era stata questa primavera, mi disse che ci avrei trovato qualche cosa, non molto, è vero, ma nella stagione morta, sa bene... Laggiù, alla piazza, erano rimaste cinquanta persone sulla strada, dopo la fuga dell'impresario. Dicono che anche lui, poveraccio, ci abbia perso tutto il suo... -

Il maestro pensava intanto a quei giorni terribili in cui una notizia simile era arrivata come un fulmine al Caffè, sulla faccia stravolta di un artista, e s'erano trovati tutti, raccolti dallo stesso terrore, davanti alla porta chiusa del teatro. Poi erano corsi in folla all'agenzia, come pazzi, in paese straniero, in mezzo a gente di cui non conoscevano la lingua, e che si fermava sorridendo al passaggio di quella turba affamata. E le lunghe ore dei giorni interminabili, passate al Caffè, il solo rifugio, con una tazza di birra dinanzi, le notti terribili d'inverno, le camicie portate tre settimane, il mozzicone di sigaro raccattato di nascosto. Sentiva perciò una grande simpatia per quell'altra derelitta, e le andava dicendo:

- Coraggio! coraggio! Bisogna farsi animo! L'aiuterò anch'io, come posso... È vero che non posso far molto... Son forestiero come lei... E non sono stato sempre fortunato... Ma vedrà che il buon tempo giungerà anche per lei... Diavolo! diavolo! Dov'è andata a scovarlo quest'albergo, così lontano?

- Me lo indicarono laggiù... perché spendessi meno... Mi rincresce per lei!...

- No, no... È che m'aspettano a casa... Sanno l'ora, press'a poco... Mi toccherà inventare qualche storiella... Ma lei non pensi a questo... Deve aver altro in testa, lei, poveretta! Ci dorma su, si faccia animo, che quanto potrò lo farò ben volentieri per lei.

- Oh, signore!... Com'è buono!...

- Niente, niente, una mano lava l'altra. Se non ci aiutiamo fra di noi! Il male è che non posso far molto!...

Infine ella disse:

- È qui -. Picchiò all'uscio di un albergaccio d'infima classe, e gli strinse la mano colle lagrime agli occhi. Aveva la faccia tanto buona, colla barba lunga, e il misero paletò che il vento gli incollava addosso come fosse di lustrino. Dalla finestra una vociaccia assonnata rispose brontolando:

- Vengo! vengo! Bell'ora di tornare a casa! -

Anche lui, in quel momento, la guardò negli occhi, le strinse forte la mano due o tre volte, mosse le labbra, per dire qualche cosa, infine proruppe: - Me ne vado, sono aspettato. Buona notte! Buona notte! - E partì correndo.

La stanzuccia, che pigliava lume da un finestruolo sulla scala, costava cinquantacinque centesimi al giorno, tre soldi di pane e latte la mattina, trentacinque centesimi il desinare. La sera poi doveva spendere altri sei soldi per andare al Caffè Nazionale, dove era quasi certa di vedere il maestro, la sola persona che conoscesse nella città. Negli intermezzi, quando poteva, egli andava a salutarla; da lontano, prima di parlare, gli si vedeva in viso la stessa notizia scoraggiante: - Nulla ancora! - Poi, al vederla così triste e rassegnata, colla chicchera di Caffè vuota sul tavolino, voleva pagar lui. Ma essa non permetteva, arrossendo fino ai capelli. - No, signore, un'altra volta! - Egli non osava insistere, ma avrebbe voluto che lei lo considerasse come un vero amico, come un fratello. Le confidava i suoi piccoli guai, anche lui, per incoraggiarla. Le narrò a poco a poco tutta la sua vita, proprio come a una sorella, oggi una cosa, domani l'altra: il fallimento dello zio che s'era preso cura di lui orfano, la vocazione strozzata dal bisogno, il pane trovato con mille stenti qua e là, tutta la sua giovinezza scolorita, scoraggiata, senza gioie, senza fede, senza amore. Essa allora sorrideva, scotendo il capo con una grazia giovanile che la faceva tornar bella. - No, no! Ve lo giuro! Mai! - Allora chinavano il viso, malinconici. Una volta i loro occhi s'incontrarono, e si fecero rossi tutti e due.

Ma spesso egli giungeva accompagnato da un donnone coi baffi come un uomo d'arme, la quale aveva il colorito acceso, con un gran cappellone di felpa ornato di piume rosse, ed era serrata in una veste di seta grigia che pareva dovesse scoppiare a ogni momento. Quelle volte il maestro non osava muoversi neppure; il donnone, dal suo posto, non lo perdeva di vista un momento, sotto le piume rosse del cappellone. - È la mia padrona di casa, una buona donna, - le aveva detto lui. - Ma quando ci vede insieme faccia finta di niente, per carità! -

Fu come una fitta al cuore. Il baritono che l'incontrò per la strada, tutta sottosopra, le propose di accompagnarla. - Permettereste voi, mia bella damigella, d'offrirvi il braccio mio, per far la strada insieme? - Ella ricusava. Andava molto lontano... Non voleva abusare... - Ma che! ma che! Bagattelle! D'altronde son ben coperto. Con questa pelliccia qui, potrei andare sino al Polo! Senta! senta! Un regalo dei miei amici di Odessa. Tutta volpe di Siberia; una bestia che vende cara la sua pelle a quello che dicono!... Eh! eh! Comincia presto l'inverno quest'anno! Non c'è male, n'è vero?... Buona notte, maestro! -

Questi passava rattrappito nel suo paletò, dando il braccio alla sua compagna, di cui la veste grigia luccicava come un'armatura sotto il lampione. - È la fiamma del maestro, - aggiunse il baritono. - Una pira, come vede! Però un buon diavolaccio anche lui! Un po' timido, un po' bagnato, come diciam noi, ma il mestiere lo conosce, ve lo dico io! Quando vi siete mangiate quelle note della cabaletta, la sera del vostro debutto, vi rammentate? do, sol, do, nessuno se n'è accorto. Peccato che non riempiano lo stomaco le note che si mangiano, eh! eh! eh! Capisco, capisco, l'emozione, la paura... Ma bisogna aver la faccia tosta, mia cara; e sputar fuori le vostre note pensando che quanti stanno ad ascoltarvi sono tutti una manica di cretini, se no non si fa nulla! Però vorrei sapere chi è quel boia che vi ha messo in questo mestiere, senza voce come siete!

- La voce ce l'avevo. Fui ammalata tanto tempo e d'allora in poi, in principio dell'inverno ci ho sempre come una spina qui...

- Ah! ah! Peccato! Alle volte, vedete, succedono di queste cose che si farebbe scendere gli dei del cielo!... -

In fondo, del cuore ce ne aveva anche lui, sotto la pelliccia, e sapendo che era a spasso cercava di consolarla come poteva.

- Bisogna farsi animo, mia cara amica. Cent'anni di malinconia non ci danno una sola giornata buona. E poi son cose che abbiamo passate tutti quanti. La va così, per noi altri artisti. Oggi fame, domani fama! Non parlo per me, ché non posso lagnarmi, grazie a Dio! M'hanno sempre voluto bene da per tutto! Guardate questo anello di brillanti! E queste catenelle d'oro, oro di ventiquattro carati, garantito! Ma ogni santo ha la sua festa. Vedrete che verrà la vostra festa, anche per voi! -

Chiacchierava, chiacchierava, con una certa bonomia che gli veniva in quel momento dallo stomaco pieno, dalla pelliccia calda, dal bicchierino di cognac, e anche dalla vicinanza di quella giovane simpatica, che sentiva tremare di freddo sotto il suo braccio, nella via deserta. - Vedrete che verrà la vostra festa. Bisogna tentare un'altra volta; in un'altra piazza, ben inteso! Peccato che non abbiate voce! Avete provato se vi vanno le canzonette allegre? Per quelle si fa anche a meno della voce. Ma occorrono altri requisiti: del tupé, l'occhio ardito, i fianchi sciolti... e un po' più di polpa, che diavolo! È vero che questa può venire... siete giovane!... -

Così dicendo l'esaminava dalla testa ai piedi, ogni volta che passavano sotto un lampione, col fare allegro e senza cerimonie di buon camerata. - E non bisogna fare tante smorfie, cara mia. Colle smorfie non si mangia. E non aver neppure dei grilli in capo. Io, come mi vedete, ho fatto i primi teatri del mondo; potete dimandare a chi volete di Arturo Gennaroni; eppure quando vennero ad offrirmi la scrittura pel Concerto del Caffè Nazionale non mi feci tirar le orecchi. Si piglia quel che capita. Oggi qui, domani là. Come? ci siamo di già? Avrei fatto altri due passi, per avere il piacere di stare con voi ancora. Il tempo passa presto. Che bella serata, in così buona compagnia eh? Un freddo secco che fa bene allo stomaco. È quello il vostro albergo? Hum! hum! Quasi quasi v'offrivo ospitalità in casa mia! -

E com'essa si stringeva all'uscio: - Eh, non abbiate paura! Che non voglio mica mangiarvi per forza. Non volete? Buona notte! -

Il maestro le aveva procurato due o tre indirizzi d'agenti teatrali ai quali l'aveva raccomandata. La presentò ad un impresario che montava un'operetta. Tutti rispondevano: - Pel momento non c'è nulla -. L'impresario soggiunge: - Bisogna vedere se vi è rimasta qualche altra cosa di bello, figliuola mia, perché la voce se n'è andata. Be', be', se avete di questi scrupoli non ne parliamo più! -

Ella tornava indietro così avvilita che il maestro si fece animo per dirle: - Sentite... È un pezzo che volevo dirvelo... Se avete bisogno di denaro... forestiera come siete... senza amici... senza aver altri conoscenti... Non son ricco, è vero... Ma quel poco che ho. No! no! non vi offendete. In imprestito, vedete! Come tra fratello e sorella!... -

Ella scoppiò a piangere.

- Dio mio! Vi ho forse offesa? Non intendevo offendervi, vi giuro. Se mi volete un po' di bene anche voi!... Io ve ne voglio tanto!... Basta, basta, perdonatemi! Sia per non detto! Ma promettetemi almeno che se mai... il giorno in cui... Pensate che vi voglio bene... come un fratello... E vorrei che anche voi... -

Ella gli stringeva le mani, colle lagrime agli occhi, per dirgli di sì... che anche lei... che gli prometteva...

Ma piuttosto sarebbe morta. Da tutti, da tutti, prima che da lui! Glien'era riconoscente, sì! Avrebbe voluto anzi dirgli tante cose, per provarglielo, che non ci aveva più nessun altro in cuore... che quell'altro a poco a poco se n'era andato via, com'era andato lontano; e domandargli della donna che spesso veniva con lui al Caffè, e le dava una stretta al cuore... Delle sciocchezze, via! ma non sapeva da che parte incominciare. Egli sembrava sulle spine, ogni volta che erano insieme, guardava intorno, con aria inquieta; evitando d'incontrarla, nelle vie frequentate, scappando subito con un pretesto se c'era gente.

Uno dopo l'altro aveva prima impegnato i pochi oggetti che avessero qualche valore: gli orecchini, il braccialetto d'argento dorato, la poca roba d'estate, fino il baule dove la teneva. Tanto non poteva più andarsene. Poscia vendette le polizze dei pegni. Alla posta, l'ultima speranza degli sventurati in paese straniero, le rispondevano invariabilmente, due volte al giorno:

- Nulla! -

Una sera che ne usciva barcollante, incontrò il baritono, Arturo Gennaroni, sempre impellicciato, che le fece un gran saluto cerimonioso, levando in alto il cappello come se volesse dire evviva! Giusto voleva presentarle l'amico che era con lui - Temistocle Marangoni, il primo basso del mondo! - un uomo di mezza età, tutto capelli e barba, con un cappellone a cono, drappeggiato in un mantello grigio, e che sembrava che parlasse di sottoterra. - E dove corre, signora Edvige? Voleva sfuggirmi? Non è mica in collera con me, spero! -

Ella si scusava di non aver udito perché credeva che non dicesse a lei: - Io mi chiamo Assunta. Ma sul cartellone la padrona del Caffè pretendeva che quel nome non facesse...

- È vero, è vero. Anche il mio è un nome di guerra, per riguardi di famiglia, sa bene. Mio padre è il primo negoziante di Napoli. Laggiù hanno ancora dei pregiudizi... Sa bene... Veniamo con lei, se non le dispiace -.

Strada facendo aggiunse che era libero quella sera, perché la padrona del Caffè Nazionale l'aveva licenziato - una cabala che gli avevano inventato contro per gelosia di donne. Temistocle, lì, poteva dirlo. - Il basso agitava il barbone per attestarlo. Anche a lui avevano rubato la scrittura, quell'animale di Gigi Lotti, una scrittura di seimila franchi, viaggio intero pagato, col pretesto che la conferma al telegramma non era venuta. Ma gli voleva rompere il muso, la prima volta che l'incontrava alla birreria! Gennaroni, intanto che il suo amico si sfogava, chiedeva ad Assunta cosa avrebbe fatto della sua serata. - Si voleva andare al Concerto del Caffè Nazionale? Sentirebbero che porcherie! Lui se le sarebbe godute mezzo mondo, e si sarebbe fregate le mani magari se quella carogna della padrona fosse venuta ginocchioni a supplicarlo e ad offrirgli doppia paga. - Andiamo, andiamo. Pago io, Temistocle! Dei soldi, grazie a Dio, ce n'è sempre qui. Veniteci anche voi, bella Assuntina. Chissà che non troverete il fatto vostro? -

Sul tavolato, in mezzo al gran fumo della sala, una donna cogli occhi neri come avesse il colèra, e i pomelli color cinabro, nuda fino allo stomaco, strillava con voce rauca delle canzonette che facevano andare in visibilio l'uditorio, schioccando le dita, e con una mossa dei fianchi che faceva svolazzare la sua gonnella corta sino ai legaccioli. Un vecchiotto, seduto in prima fila, col mento sul pomo dell'ombrello, si crogiolava dal piacere, ammiccando ai vicini, ridendo nella bazza, applaudendo anche col cranio calvo sino alle orecchie. Una modesta famigliuola, padre, madre e figliuoli in abbondanza, era venuta a solennizzare la festa al Caffè, ridendo saporitamente; solo la maggiore, una ragazzina magra e nera come un tizzone, dimenticava persino il sorbetto per ascoltare la cantatrice, sgranando degli occhi enormi, seria seria. Altri, nella sala, vociavano, picchiavano colle mazze ed i pugni sui tavolini, facevano un chiasso indiavolato, accompagnando il ritornello, interrompendolo con esclamazioni da trivio. Gennaroni ripeteva: - Ditemi poi se questa è arte! Ditemi se non è vera porcheria! - Tutt'a un tratto si vide la gente affollarsi davanti al palco, intorno a un omettino in tuba il quale gesticolava colle mani in aria. La donna invece si ostinava, col viso sfacciato, cercando cogli occhi nella folla i suoi protettori. Un tale, vestito da operaio, coi baffi grossi e la faccia dura, si arrampicò sul tavolato in mezzo ai fischi che assordavano, e prese la cantante per le spalle, spingendola verso due questurini in uniforme che s'erano fatti largo a furia di spintoni, e agitavano le braccia. Il gruppo scomparve nella folla, verso la cucina, fra un uragano di fischi, d'urli e di risate. Il baritono si dimenava come un ossesso, smanacciando, gridando: - Bravo! bis! - poi corse a stringere la mano al maestro, ancora sbalordito dinanzi al pianoforte.

- Che cagnara, eh! Ma la colpa non è tua, poveretto! Ci ho gusto per quella carogna della padrona, la quale pretendeva di averne le tasche piene di musica seria, lei e il suo pubblico. Come se non glielo avessimo fatto noi questo pubblico. E non le avessi fatto guadagnare più quattrini che non abbia capelli nella parrucca, quella strega! -

Intanto si sbracciava per farsi scorgere, gesticolando, gridando forte, calcandosi ogni momento la tuba sull'orecchio, posando di tre quarti, col bavero della pelliccia rialzato sino alle orecchie, malgrado il gran caldo, e un fazzoletto di seta al collo, come avesse avuto un tesoro da custodirvi.

- Dovresti farle intendere ragione, a quella stupida. Dovresti metterti in mezzo. S'è quistione di soldi, si può aggiustarsi. Non ho mai fatto questione di quattrini per l'arte. Ma bisogna concludere subito. Sì o no! Ho delle offerte magnifiche per l'estero. Domattina devo dare una risposta -.

Poi tornò al suo posto trionfante, facendosi largo nella folla. - Ah! ah! ve lo dicevo io! Ora tornano a pregarmi! Mi hanno offerto carta bianca. Hanno bisogno di me per fare andare la baracca! -

Il basso gongolava, come se si fosse trattato di lui, picchiava sul tavolino per ordinare altra birra. - Ogni conoscente che entrava nel Caffè lo invitava a prendere qualche cosa, facendo segno coll'ombrello, chiamando ad alta voce. - Tienti sulla tua, sai, Gennaroni! Fatti tirar le orecchie, prima di dir di sì! - L'altro scrollava il capo, minaccioso, come a dire: - Vedrete! vedrete! - Poi si alzava in piedi e faceva le presentazioni in regola: - Romolo Silvani, primo ballerino. - Augusto Baracconi, primo tenore assoluto, e suo fratello. - Ernesto Lupi, distinto pittore. - Fiasco completo, amici miei! Peccato che siate venuti tardi! - Essi, per cortesia, tornavano a pregarlo che narrasse. Ma Baracconi fratello stava col naso nel bicchiere, tutto intento a godersi il trattamento; Lupi disegnava delle caricature sul marmo del tavolino; il tenore diceva roba da chiodi di un collega sottovoce con Marangoni, e Silvani, dall'altro lato, domandava se quella bella giovane appartenesse all'amico Gennaroni, lisciandosi i baffettini neri come la pece, accarezzando la chioma inanellata, componendo la faccetta incartapecorita a un risolino seduttore. Tutti quanti però, a ogni pezzo nuovo, quando Gennaroni atteggiava il viso a una boccaccia di disgusto, facevano coro per sdebitarsi coll'amico, battendo in terra coi tacchi e coi bastoni, vociando - basta! basta! - mettendosi a sghignazzare. Il baritono infine, vedendo che il maestro non osava prendere le sue parti, quasi fosse inchiodato al pianoforte, andò a salutare la padrona del caffè, colla scappellata alta, tutto gentilezze, mentre essa cambiava i gettoni e teneva d'occhio i garzoni che uscivano dalla cucina. In quella entrò il donnone del maestro, più accesa in viso che mai. Aveva udito il baccano dalla strada, mentre veniva a prendere Bebè.

- No, no, lui non ci ha colpa, - le dicevano gli amici.

Gennaroni, che tornava dal banco fuori di sé, aggiunse ch'era proprio un bebè, un pulcino bagnato, uno che non era capace di dir due parole per un amico. Le domandava ridendo se le capitava di dargli le sculacciate, qualche volta.

L'altra continuava a ridere, scrollando le piume del cappello. - No, no, era così buono il poveretto! proprio come un fanciullo! A lasciarlo fare se lo sarebbero mangiato vivo, certe sgualdrinelle che sapeva lei! - Infine se lo prese sotto il braccio, e se lo portò via. Gli altri se n'erano andati pure ad uno ad uno. Il basso protestò che correva a vedere se era giunto il telegramma, e piantò lì il bicchierone vuoto su di una pila di piattelli. Assunta rimaneva sbalordita, colla tazza a metà piena, il cappellino di paglia e la eterna cappa grigia che la facevano sembrare più misera. Nell'uscire barcollava perché non aveva preso altro tutto il giorno, quasi il chiasso le avesse dato alla testa. - Che avete? - chiese Gennaroni. - Eh, la birra! Non ci sarete avvezza! - Essa invece pensava a quella disgraziata che l'avevano mandata via coi questurini. - Non temete, no; che il pane non gli manca a quella lì... e il letto neppure! - conchiuse il baritono. Tirava vento, e cominciavano a cadere i primi goccioloni della pioggia. - Sentite, cara Assunta. Adesso dovreste fare una bella cosa: venirvene a casa mia a scacciare insieme la malinconia! Avete visto come fanno gli altri? Ciascuno colla sua ciascuna! Ci avete il vostro ciascuno voi? -

Ella non rispondeva, colla testa sconvolta, il cuore stretto da un'angoscia vaga, un senso di sconcerto nello stomaco, davanti agli occhi una visione confusa dell'albergatrice arcigna che voleva esser pagata, dell'impiegato postale che le rispondeva - nulla! -, dei visi sconosciuti in mezzo ai quali andava e veniva tutto il giorno, della donna enorme che si era portato il maestro sotto il braccio - intirizzita dalla tramontana, coi ginocchi che le si piegavano sotto. L'altro seguitava a stordirla chiacchierando, soffiandole sul viso le sue parole calde e il fumo del sigaro, stringendole forte il braccio sotto la pelliccia. Allo svoltare di un'altra via essa alzava gli occhi, e si guardava intorno, balbettando: - Dove andiamo? Dove andiamo? - come fuori di sé. Gennaroni le diceva adesso delle parole dolci e sonore che la stordivano: - vieni meco! Sol di rose, intrecciar ti vo' la vita... - colla chiave che s'era levata di tasca aveva aperto un usciolino sgangherato. Nell'androne buio, prima d'accendere un fiammifero, se la strinse sul costato come nel melodramma, di tre quarti, un braccio sulla spalla e l'altro sotto l'ascella.

Là nel lettuccio magro e cencioso della cameraccia nuda che prendeva lume da un cortiletto puzzolente, ella gli narrò il povero romanzo della sua vita, per quel bisogno d'abbandono con cui gli si era data, mentre egli sbadigliava, cogli occhi gonfi, e l'alba insudiciava le pareti untuose, da cui pendevano appesi ai chiodi i costumi stinti da teatro. - Aveva amato un giovane che usciva dal Conservatorio, con due o tre spartiti pronti, e intanto s'era messo a dozzina in casa loro, per sessanta lire al mese, tutto compreso. Gli altri pigionali erano un professore, un impiegato al dazio, e due studenti. Sua sorella lavorava in un magazzino di guanti; il babbo era guardia municipale; lei gli avevano consigliato d'imparare il canto, che sarebbe stata una fortuna per tutti, e le avevano fatto lasciare anche il mestiere d'orlatrice, col quale si sciupava le mani, per novanta centesimi al giorno. Finché giungevano le vacanze, nove mesi dell'anno, si stava piuttosto bene. Poi quando gli studenti se ne partivano, il professore andava a fare i bagni, e l'impiegato desinava in un'osteria fuori porta per risparmiare i soldi dell'omnibus, si restringevano un po' nelle spese, e il giovane del Conservatorio s'adattava con loro, proprio come uno della famiglia.

Le domeniche andavano a spasso insieme; qualche volta egli portava un bel cocomero, e si faceva festa, nel terrazzino. Soleva dire scherzando: - Ce ne ricorderemo poi, quando saremo ricchi, sora Assunta! - Era così buono! aveva negli occhi un non so che, come vedesse lontano tante cose, e diceva che l'arte gli spingeva delle nuvole d'oro sconfinate nel pezzettino di cielo che si vedeva al di sopra del vicoletto, allungando il collo. La sera si metteva a sonare al buio, pratico com'era della tastiera, ed essa stava ad ascoltare più che poteva, dietro l'uscio, quella bella musica che le penetrava al cuore come una dolcezza.

Egli che se n'era accorto infine, le diceva di tanto in tanto: - Le piace? dice davvero? - Voleva pure che Assunta gli cantasse la sua musica. Un giorno che la sua voce gli era piaciuta tanto, tanto che a lei stessa le sembrava fosse un'altra che cantasse, egli si alzò all'improvviso dal pianoforte, e la strinse fra le braccia, tutta tremante anche lei, senza sapere quel che si facessero.

La mamma, povera e santa donna, non ne seppe nulla. Allorché fu impossibile nascondere quello che era avvenuto, il giovane scappò al suo paese, per paura del babbo municipale. Ella ne fece una malattia mortale, durante la quale la mamma sola veniva a trovarla di nascosto. Un giorno le disse piangendo che lui se n'era andato via lontano, in Grecia, in Turchia, molto lontano insomma! Era svanita l'ultima speranza. All'ospedale, appena fu guarita, non vollero lasciarla. Il babbo aveva giurato che non l'avrebbe più ricevuta in casa sua. Un avventore della guantaia dove lavorava sua sorella le aveva procurato una scrittura di corista al Politeama. D'allora aveva girato il mondo, da un teatro all'altro, viaggiando in terza classe, dormendo in alberghi dove la notte venivano a bussarle all'uscio e a minacciarla, digiunando spesso per mantenersi onesta, passando lunghe ore nell'anticamera di un'agenzia, assediando il camerino dell'impresa per essere pagata, impegnando la roba d'estate per coprirsi l'inverno. A Mantova s'era ammalata d'angina, mentre provavano il *Ruy Blas*, e aveva perso la voce. La mamma era morta giusto mentre era all'ospedale. Il babbo s'era rimaritato. La sorella era andata via di casa per non stare colla matrigna.

- Un bel porco, quel tuo allievo del Conservatorio! te lo dico io! - conchiuse Gennaroni, stirandosi le braccia.

Ora pur troppo gli era cascata addosso quella tegola sul capo! per un momento di debolezza, per aver troppo cuore, e non trovare il verso di dirle: - Cara mia, ogni bel giuoco vuol durar poco! - Ella non se ne dava per intesa, aveva fatto lì il nido come una rondine. Una che non era neanche buona a stirargli i solini, o a fargli uno stufatino con patate. Giusto in quel momento poi che si trovava a spasso, e i soldi volavano come avessero le ali! Vero che la poveretta non si lagnava mai, fossero carezze o schiaffi, mangiava poco, e non chiedeva neppure un paio di scarpe. Ma, tanto, era un altro peso. Agli amici, che le facevano l'occhietto, Gennaroni, fra burbero e scherzoso, soleva dire: - Da cedere con ribasso, per liquidazione! -

Avevano preso a frequentare un caffeuzzo oscuro annesso al teatro, una specie di succursale dell'agenzia, dove bazzicavano soltanto gli artisti a spasso, che vi facevano un gran consumo di virginia ai ferri e d'acqua fresca, sparlando dei colleghi assenti, portandovi le prime notizie dei fiaschi, sempre a caccia di cinque lire, e giocando alle carte sulla parola. Gennaroni vi conduceva la sua amante di prima sera, per risparmiare il lume; la faceva sedere nel suo cantuccio, lì vicino alla stufa, dove nessuno andava a disturbarla, giacché il garzone del caffè era avvezzo a non seccar la gente se prima non lo chiamavano, e si metteva a giocare a scopone, oppure se ne andava pei suoi affari. Spesso le diceva: - Sai, mia cara, io non sono geloso! - Ma il primo ballerino si limitava a strizzarle l'occhio da lontano, col gomito appoggiato al banco, e il busto inarcato sotto la giacchetta bisunta. Marangoni, all'ombra del suo enorme cappellaccio, facendole il solletico colla barbona nel parlarle all'orecchio, le chiedeva, colla sua bella voce che sembrava venire di sotto il tavolino: - Quando verrà il mio quarto d'ora? - E Lupi diceva che voleva farle il ritratto, "se era tutt'oro quello che riluceva". - Oro di coppella, com'è vero iddio! - sghignazzava Gennaroni. Il tenore invece non parlava d'altro che di scritture e di telegrammi che aspettava; di cabale che gli montavano contro tutti i giorni; di gente a cui voleva rompere il muso. Dell'amore, lui, non sapeva che farne: era buono da mettere in musica soltanto; più d'una volta cogli amici aveva detto chiaro e tondo quel che pensava di Gennaroni, lui stupido che si era appiccicato quel cerotto, una che tossiva sempre, come se gli fossero mancate altre donne, a quel macaco!

Una sera capitò anche il maestro, il quale aveva fatto san Michele lui pure, ora che al Caffè Nazionale c'era un giocatore di bussolotti. Gennaroni si fregava le mani sbraitando: - Vedrete che chiuderanno fra due mesi! Ve lo dico io! - Assunta si sentì come un tuffo nel sangue appena vide entrare il maestro, e avrebbe desiderato che egli non si accorgesse di lei, nel suo cantuccio presso la stufa. Il poveraccio era così disfatto e scombussolato che non sapeva nemmeno come rispondere a tutti coloro che gli facevano ressa intorno. Poi, come la scorse, cogli occhi addosso a lui, andò a salutarla, domandandole come stava, se aveva trovato qualche cosa, nel tempo che non s'erano più visti. Pur troppo, anche lui non aveva trovato nulla!... se no glielo avrebbe fatto subito sapere!... Dopo che il maestro ebbe voltate le spalle, incominciarono le osservazione sul conto di lui. - Quello lì se ne rideva! - Era ben appoggiato! - Appoggiato a un vero pilastro! - Baracconi disse una parolaccia.

Verso la fine di dicembre gli avventori del Caffè del teatro sembravano ammattiti, formando dei crocchi animati, disputandosi fra di loro, cavando ogni momento dal portafogli lettere e telegrammi sudici, correndo sull'uscio, ogni volta che s'apriva, per vedere se giungeva un fattorino del telegrafo. Il domani di san Stefano erano tutti lì dalle sette, davanti la porta del Caffè, sotto la pioggia, coll'ombrello aperto, ansiosi, guardandosi in cagnesco fra di loro - delle facce nuove che si vedevano soltanto nelle grandi occasioni, pastrani senza pelo e stivaloni infangati, scialli messi a guisa di pled, cappelloni di donna e sottane che sgocciolavano sul marciapiedi.

Alcuni dei vecchi mancavano: il tenore, un basso, rimorchiatovi da poco dal Silvani, e due o tre altri, di cui i rimasti dicevano corna. Attraverso l'usciale si udiva come un brontolìo sordo di rivoluzione nello stanzone vuoto, dove il Lupi beveva a piccoli sorsi un Caffè caldo, schizzando la testata di un giornale davanti al garzone in maniche di camicia che gli si buttava addosso per vedere, col ventre sul tavolino.

Assunta, rimasta a casa, stava facendo cuocere due uova in una caffettiera posata sullo scaldino, quando udì picchiare all'uscio, e le comparve dinanzi il maestro all'improvviso - così in camiciuola com'era e ancor spettinata. Egli pure era sossopra, talché non si avvide nemmeno dell'imbarazzo di lei.

- Lei!... Lei qui! Come ha saputo?... - Gennaroni stesso. Siamo stati insieme -. Ella avvampò in viso, cercando macchinalmente i bottoni della camiciuola. - Venivo a portarle una buona notizia... Un mio amico che è incaricato di formare una compagnia pel Cairo... m'ha promesso di scritturarla.

- Ma... Non saprei... così lontano...

- No, no, bisogna risolversi piuttosto... Bisogna accettare.

- È che... dovrei parlarne prima a un'altra persona... Non potrei risolvermi da sola... così su due piedi... -

Il maestro le afferrò le mani, quasi per forza:

- Bisogna accettare! Dica di sì... È pel suo meglio! -

Essa non l'aveva mai visto a quel mondo. Allora, colla gola stretta da un'angoscia vaga, si fece animo per interrogarlo... Voleva sapere... - Gennaroni partirà stasera col diretto. Deve imbarcarsi a Genova domani, - disse infine il maestro. - Chi gliel'ha detto? - Lui stesso; lo sanno tutti -. La poveretta cercò una seggiola brancolando. - No! no!... Non può essere! Non mi ha detto nulla!... Stamattina ancora!... - Glielo dirà poi, quand'è il momento di partire... A che scopo tormentarla avanti tempo? - È vero! è vero!... -

Allora si mise a piangere cheta cheta nel grembiule. Poscia, quando fu un po' più calma, si asciugò gli occhi, senza dir nulla, e si mise a preparargli la valigia, un bauletto di cuoio nero tutto strappi e scontrini di ferrovia: le camicie di flanella, la scatola dei polsini, le pantofole slabbrate, la pipa nella quale egli soleva fumare, il berretto di pelo che teneva in casa, i costumi da teatro appesi ai chiodi - ogni oggetto che toglieva dal solito posto si sentiva staccare pure dal seno qualche cosa, dinanzi a quelle pareti nude. Il maestro l'aiutava. Gennaroni, tornando a casa, li trovò in quelle faccende. - Bravi! Bravi! Gliel'hai detto? - In fondo era davvero un buon diavolaccio, penetrato sino al cuore dalla dolcezza con cui Assunta s'era rassegnata.

- Così buona! così giudiziosa, povera ragazza! Tutto l'opposto del tuo carabiniere, eh! -

Egli voleva anche abbracciarla dinanzi al maestro, strizzava l'occhio a costui perché li lasciasse soli. Ma Assunta gli faceva segno di non andarsene, cogli occhi gonfi di lagrime. - Non l'avrebbe dimenticata, no, finch'era al mondo! Del resto le montagne sole non s'incontrano. Intanto dava una mano anche lui per aiutarla, correndole dietro dal cassettone al letto, su cui era il baule, colle braccia piene di roba; voleva che andassero tutti e tre insieme a desinare al Caffè, l'ultima volta, e finir la giornata bene.

Il maestro si scusò. - Ah! ah! il carabiniere! - Però promise di trovarsi alla stazione. - Sì, sì, benone! le farai un po' di compagnia. Poi mi affido a te per trovarle la scrittura. È un pulcino bagnato questa poverina, se non c'è chi l'aiuti! - Voleva lasciarle anche una ventina di lire, caso mai le abbisognassero... Ma essa si ribellò, per la prima volta. - Scusa! scusa! Dicevo caso mai non firmassi subito la scrittura... Ma non c'è bisogno d'andare in collera. L'ho fatto a fin di bene -. Ella si intenerì piuttosto. Per lei aveva fatto anche troppo! per tanto tempo! Al Caffè poi non le riescì di mandar giù un solo boccone, mentre egli mangiava per due e cercava di tenerla allegra. Le offerse anche di farle una sigaretta per scioglierle quel gruppo alla gola - roba d'isterismo.

Alla stazione c'era tutta la compagnia che partiva con lui. Dei poveri diavoli che litigavano coi facchini, due o tre prime parti che pigliavano i posti di seconda, colla borsetta ad armacollo, e le mamme dietro, cariche di fagotti e di scatole di cartone. Gennaroni disse alla sua amica:

- Tienti un po' in disparte, come tu fossi col maestro -.

Così lo vide per l'ultima volta, col biglietto nel nastro del cappello, allegro e chiassone come al solito, salutando questo e quello. - Addio! Ciao! Buona fortuna! -

S'era preso anche in mano la gabbia del pappagallo di una compagna di viaggio. Dalla cancellata fuori la stazione lo videro sbracciarsi a collocare tutto il loro arsenale di scatole e cappellini mentre il treno fuggiva.

Di lui le rimase un bel ritratto in fotografia, formato gabinetto, in posa di tre quarti, colla bocca sorridente, la pelliccia sbottonata, un mazzetto di ciondoli sul ventre - e la sua brava dedica sotto: "Ricordo imperituro!".

In quanto alla scrittura non se ne fece nulla. L'impresario anzitutto, voleva belle ragazze e non dei cerotti come quella lì. - Le pare, caro maestro? - Il poveraccio non si diede vinto ancora; continuò ad arrabattarsi come un disperato per lei, correndo di qua e di là, raccomandandola a quanti conosceva. Ma ciascuno pensava ai propri casi in quel momento. Ora che Gennaroni aveva piantata la ragazza senza voce e senza quattrini, doveva essere un affar serio levarsi da quella pece, uno che vi si lasciasse prendere, per buon cuore o per altro.

Gli amici, quando essa capitava al Caffè per aspettare il maestro che doveva portare la risposta, se la battevano uno dopo l'altro, primo di tutti il Silvani, colla giacchetta più stretta che mai. Il garzone stesso, così prudente di solito, veniva ogni momento a strofinare il marmo del tavolino con un cencio, vedendo che non ordinava nulla. Fino il maestro, a poco a poco, scoraggiato di portarle sempre la stessa cattiva nuova, non si era fatto più vedere. Però essa gli aveva detto: - Non si affanni tanto, poveretto, ché qualcosa ho già trovato -.

E quando egli, facendosi rosso, era tornato sull'offerta di denaro, essa gli aveva risposto che non occorreva. A lui glielo avrebbe detto, davvero, di tutto cuore!

Una domenica, verso la fine di luglio, il maestro incontrò Assunta che usciva dalla bottega di un calzolaio. Essa avrebbe voluto evitarlo, ma l'altro già le si accostava col cappelluccio di paglia ritinto in mano. - Come va? Tanto tempo che non ci siamo più visti! - Assunta balbettava, cercando di nascondere un fagottino che portava, fattasi di brace in viso.

Il maestro cercava le parole anche lui: - Almeno un vermuttino. Qui a due passi, al solito Caffè!... - Essa non voleva, vestita a quel modo!... Infine si lasciò condurre a un tavolinetto fuori dell'uscio, all'ombra del tendone. Dapprincipio stettero un po' in silenzio, guardandosi in viso. Ella sembrava più grassa, disfatta, bianca come cera, con due enormi pèsche sotto gli occhi, e le mani pallide colle vene gonfie. Il giovanotto aveva la barba lunga, la biancheria sudicia, i calzoni sfrangiati che cercava di nascondere sotto il tavolino. A poco a poco Assunta gli narrò che s'era acconciata colla padrona stessa della casa; pensava alle spese, riguardava la biancheria, teneva d'occhio la pensione, e ci aveva in compenso vitto e alloggio.

Il tempo che avanzava poi s'era rimessa al suo mestiere d'orlatrice. - Con lei non mi vergogno, guardi! - Anche lui fece delle vaghe confidenze: le cose non gli erano andate sempre bene; la stagione morta si portava via quelle poche lezioni... - Accennò pure di aver cambiato alloggio... - Del resto i suoi abiti parlavano per lui. Assunta non volle altro che un caffè di quattro soldi. Egli invece ordinò un giornale, un giornale qualunque, tanto, seguitavano a discorrere con un senso invincibile di malinconia, che pure aveva la sua dolcezza. Di tratto in tratto si guardavano negli occhi, e ripetevano con un sorriso triste: - Guarda che piacere! -

Si udiva parlare a voce alta nel Caffè; e degli scoppi di risa, delle discussioni tempestose, accompagnate dalla stessa nota bassa del Marangoni che trinciava da caporione.

Assunta, allungando il collo dentro l'usciale, lo vide seduto in mezzo a un crocchio di sfaccendati, dinanzi ad un vassoio di bicchieri vuoti e una bottiglia d'acqua di seltz, con un vestito nuovo del Bocconi e la barba tagliata a punta come un damerino. Da lì a un po' se ne uscì fuori, seguìto dagli amici che gli facevano codazzo. Silvani persino lo tirò in disparte sul marciapiede opposto, supplicandolo sottovoce con tutta la persona umile. Il basso scrollava le spalle e il capo, colla barba dura come una spazzola. Infine volse un'occhiata sprezzante verso il maestro, il quale s'era fatto pallido al vederlo, e non l'aveva salutato, e cavò fuori il borsellino, scantonando seguìto dal ballerino piegato in due. Passava della gente in abito da festa; delle famigliuole intere che andavano a sentir la musica al giardino pubblico. Poscia, di tratto in tratto, succedeva il silenzio grave delle ore calde della domenica.

Infine Assunta e il maestro lasciarono il Caffè, e si avviarono ai Boschetti, rasente al muro, nella striscia d'ombra che orlava il marciapiedi. Assunta aveva detto ch'era libera fino a sera, e anch'esso non temeva più di farsi vedere insieme a lei. Il largo viale ombroso era deserto. Di tanto in tanto solo qualche coppia d'innamorati che passeggiavano sotto i platani, cercando i sedili più remoti. Anch'essi... Le ore scorrevano e non sapevano risolversi a lasciarsi. - Ah! se ci fossimo conosciuti prima! - esclamò infine il maestro.

Ella alzò gli occhi su di lui, si fece rossa, e li chinò di nuovo. Il maestro giocherellava col fagottino che Assunta teneva sulle ginocchia.

- O piuttosto se avessi fatto il calzolaio!... No... dico così... Son delle giornate nere... Passeranno! - Chiamò uno che andava vendendo dell'acqua fresca, in un barilotto attorniato di bicchieri, e offrì da bere anche a lei. L'uomo andò a mettersi in fondo al viale, col barilotto posato a terra, come una macchietta nera nel verde. Sembrava di essere a cento miglia dalla città, nell'ombra e nel silenzio. Poco per volta il maestro le disse che l'aveva amata, sì, proprio! tante volte quel segreto gli era spirato sulle labbra! Essa lo sapeva, accennando col capo che teneva chino in aria di rassegnazione dolorosa, la quale scorgevasi anche dall'abbandono di tutta la persona, dalla treccia allentata che le si allungava sul collo. - Allora perché... perché ci siamo taciuti?... - La poveretta lo guardò in tal modo, attraverso le lagrime che le scendevano chete chete per le gote, ch'egli abbassò gli occhi.

- Sì, è vero, fu il destino! Quell'altra non sa neppur il sacrificio che le ho fatto... per debolezza, per bontà di cuore... e c'è chi dice per un tozzo di pane! Me lo merito. Ora essa m'ha piantato pel Marangoni che la batte e fa lo strozzino coi suoi denari. Come ho dovuto sembrarle spregevole, dica!...

- No... no... Era destino!... Anch'io!...

Però sentivano entrambi una gran dolcezza nel dirsi tutto ciò, seduti accanto sullo stesso banco. Egli aprì la bocca due o tre volte per farle una domanda che non osava. Poi strappò un ramoscello che pendeva, e si mise a sminuzzarlo in silenzio. Assunta più di una volta s'era mossa per andarsene, senza averne la forza.

La sera era venuta prima che se ne fossero accorti, una sera tepida e dolce. Assunta stava col capo chino, col seno gonfio, le mani pallide e venate d'azzurro sulle ginocchia, come ascoltando le parole che lui non osava pronunziare. Infine egli le prese in silenzio una di quelle mani, in un modo eloquente. Per tutta risposta ella aprì le braccia che si teneva sulle ginocchia, con un gesto desolato, e scotendo il capo: - No, guardi... non posso! -

A quell'atto, per la prima volta, il maestro la fissò in un certo modo che diceva d'aver capito ogni cosa, e glielo disse nell'occhiata ingenua e desolata che le posò in grembo.

- Almeno le ha scritto? - balbettò infine.

Ella rispose di no chinando il capo rassegnato.

Gennaroni ricomparve al Caffè verso il principio dell'inverno, masticando delle pastiglie, col fez come un turco, e le tasche piene di bottigline di marsala, per le quali ebbe a dire agli amici che volevano fargli festa:

- Adagio! adagio, miei cari! Questi qui sono campioni! Voialtri non mi darete certo delle commissioni, eh!... - To'! il maestro! Ben trovato! So, so, briccone! So che me l'hai portata via, traditore! Dico per scherzo, sai! Non sono in collera con te, tutt'altro! Non siamo mica dei piccioni per far sempre lo stesso paio! Specie uno come me che ha da girare il mondo, ora che mi son dato al commercio. Non c'è altro per guadagnar quattrini, te lo dico io! Tutto il resto... roba da pezzenti! Tanti saluti ad Assunta. Oppure, no, non le dir nulla. A buon rendere -.

IL SEGNO D'AMORE

- Algio pelsooo... o cara Nici,

Lo riposùuuu... Lo riposu di la noootti.

Tostu dunami... tostu dunami la mooolti,

Tostu dunami la molti, quannu sugnu allatu to!... -

cantava il Resca strimpellando sulla chitarra, colorendo la canzone con gran boccacce, e aggrottar di sopracciglia. Cessato appena il fron-fron dell'accompagnamento, scoppiò una lunga smanacciata sul canto del Piano dell'Orbo. Gli amici si passarono le chitarre ad armacollo, e si raccolsero intorno al Resca, chiacchierando sottovoce, dietro l'uscio di donna Concettina la fruttivendola. Come lo sportellino dell'uscio non s'apriva, il Resca disse:

- Vuol dire che la vecchia non è ancora addormentata. Buona notte, signori miei -.

Allora dal voltone sotto il convento del Carmine si staccò un'ombra, piano piano, e si accostò per attaccar discorso con una gentilezza:

- Bravi, signori miei! Bella la voce, e belli gli strumenti! -

Il Resca squadrò lo sconosciuto, un ometto sparuto e colla barba di otto giorni, il quale portava un cappelluccio a cencio sull'orecchio; si passò il nastro della chitarra sulla spalla, e rispose secco secco:

- Grazie tante!

- Ora m'avete a fare un piacere, signori miei, - rispose l'altro. - Dovete venire a cantare un'altra canzone alla mia innamorata, che sta qui vicino -.

Gli amici, al vedere la piega che pigliava il discorso, tornarono ad accostarsi, seri seri. Il Resca, che non aveva proprio voglia di attaccar briga lì, a quell'ora, guardò lo sconosciuto nel bianco degli occhi, sotto il lampione, e disse, masticando adagio le parole:

- Scusate amico. È tardi, e dobbiamo andarcene pei fatti nostri -.

L'altro però, senza darsi vinto:

- Una canzonetta breve; qui, a due passi -.

Il Resca si calcò il berretto sugli occhi, e chiese sottovoce, una voce singolare:

- Cos'è? per soperchieria?

- Siete in cinque... bella soperchieria!

- Dunque lasciateci andare in pace.

- Allora vi dico che non avete educazione -.

Il Resca fece un passo indietro, e afferrò vivamente la chitarra pel manico. Ma si frenò; e tornò a ripetere:

- Vi dico di lasciarmi andare pei fatti miei.

- Allora vi dico che non avete educazione! - ribatté l'altro, freddo freddo, e colle mani in tasca.

- Sangue di...! -

Il gruppo si scompose bruscamente, con un luccicare improvviso di coltelli. L'ometto ch'era saltato indietro, mettendosi colle spalle al muro, esclamò:

- Ssss! Sangue di...! La questura! -

Lì accanto c'era l'impalcatura di una casa in costruzione e in un batter d'occhio i coltelli sparirono dietro l'assito.

La pattuglia accostandosi, col passo cadenzato, addocchiò il crocchio.

- Siamo amici, - disse l'ometto, - che si faceva una serenata alle nostre innamorate, qui vicino.

- Il permesso ce l'avete?

- Il permesso eccolo qua, - rispose il Resca.

In quel momento batteva il tocco, e da lontano si udiva venire una canzonaccia d'ubbriaco, con un'ombra che andava a zig-zag, lungo la fila dei lampioni.

- Quello lì canta senza permesso! - osservò uno della comitiva per ischerzo.

- Finiamola! - intimò il brigadiere, - o se no, vi faccio visitare! -

L'ometto che voleva la canzone per l'innamorata lo stette a guardar zitto, mentre si allontanava colla pattuglia; poi dietro gli sputò: - Sbirro!

- Sentite, amico, - riprese quindi il Resca, - qui non mi piace far del chiasso, perché ci ho il mio motivo. Ma se volete venire sotto il voltone laggiù, vi servo subito.

- No. Ho visto or ora che siete un uomo, e mi basta. Di me, se conosco il mio dovere, potete domandarne a chi vi piace: Vanni Mendola.

- Ed io, don Giovanni, quand'è così, voglio cantarvi la canzone; dovessimo venire all'Ognigna oppure a Cibali.

- Grazie tante! - disse il Mendola. - Ma la canzone adesso non la voglio più. Mi basta d'aver visto il vostro buon cuore -.

E come ciascuno se ne andava per la sua strada, dopo molte strette di mano, e - Buona sera! Scusate, se mai, qualche parola... - Mendola tirò in disparte il Resca, e gli disse:

- Volevo mostrare soltanto... Come vi chiamate?

- Giuseppe Resca, per servirvi, - rispose l'altro. - Ma mi dicono anche il Biondo.

- Volevo mostrare a donna Concettina, che è ora la vostra innamorata, e sta dietro l'uscio ad ascoltare... Volevo mostrarle, don Giuseppe, che gli uomini non si misurano a palmo... E che se sono piccolo di statura ho il cuore grande quanto questa piazza qui... Ma vedo che siete un galantuomo, e non voglio che a casa vostra o a casa mia abbiano a piangere per quella donnaccia lì... che, guardate! non val niente più di questo qui! -

E abbrancatosi il cappelluccio lo buttò a terra con disprezzo e vi sputò sopra.

Allora si spalancò di botto il finestrino della fruttivendola, e ne schizzò fuori un getto d'improperi.

- Il molto che valete voi! brutto nano pezzente che siete! e mi fate stomaco!

- Lasciatela dire, don Giuseppe, - rispose calmo il Mendola, fermando pel braccio il Resca che non si moveva neppure. - Lasciate parlare donna Concettina che è in collera, e non si rammenta più che allora non mi diceva tutte queste parolacce, quando mi faceva venire qui di notte, al tempo di suo marito il Grosso, buon'anima! qui, dove posiamo i piedi adesso!

- A te? bugiardo infame!

- Sì, a me. E il tuo innamorato qui presente, adesso, lo vedi? crede più alle mie parole anziché ai tuoi giuramenti.

- Finiamola! - interruppe il Resca. - Sangue di... finiamola!

- Avete ragione; è tempo di finirla, - disse il Mendola. E senza dar retta a donna Concettina che lo colmava di villanie, soggiunse:

- Buona sera, e arrivederci, don Giuseppe. Tanto piacere della vostra conoscenza. E scusate qualche parola, se mai.

- Aspettate, vengo con voi.

- Ah, capisco! Anch'io, ai miei tempi, mi sarei fatto ammazzare per colei, s'ella mi avesse detto che adesso c'è il sole fuori. Ma le chiacchiere non servono. Sono ai vostri comandi, don Giuseppe. Quando volete voi.

- Domani.

- Va bene, domani. Ditemi a che ora, e dove vi farebbe comodo.

- Conoscete il Pizzolato, quello che fa negozio di cenci al Vico Stretto?

- Chi non lo conosce? il magazzino grande, dentro il cortile del Sole?

- Bravo! Il magazzino grande dentro il cortile del Sole. Trovatevi lì a mezzogiorno, che ci sarò anch'io, don Giovanni -.

Questi se ne andò per la sua strada, dondolandosi, e il Biondo ripassò dinanzi alla bottega della vedova. Buio da per tutto, e l'uscio chiuso che gli teneva il broncio.

Ritornò il giorno dopo, prima di mezzogiorno, e trovò donna Concettina la quale stava pettinandosi, in fondo alla bottega, con quei bei capelli lunghi che facevano l'onda, ed essa vi metteva apposta un'ora a distrigarli innanzi a lui, senza levar gli occhi dallo specchietto.

- O cos'è donna Concettina? Non vogliono lasciarsi fare oggi quei bei capelli? - cominciò infine il Resca.

- Questo è il grande amore che mi portate... che andate a bazzicare con tutti quelli che mi vogliono male? - rispose essa senza voltarsi neppure.

- Quel tale l'ho incontrato iersera per caso, e non fui io che lo feci parlare. Ma conosco il dover mio, e non ho bisogno che nessuno me lo insegni. Ora son venuto per sentire se avevi qualche cosa da dirmi anche tu, mentre sei sola nella bottega.

- Cosa volete che vi dica? Quel cristiano io non lo conosco, e gli faccio lo scongiuro, a lui e a tutte le bugie che ha avuto il coraggio di inventare, pel Signore delle Quarant'Ore ch'è alla parrocchia!

- Va bene, - disse il Resca alzandosi dallo sgabello. - Va bene, vi saluto -.

Mendola l'aspettava nel cortile del Sole, discorrendo sottovoce col Pizzolato, un omaccione senza un pelo di barba, e che parlava come un ventriloquo. Si strinsero la mano, e il Pizzolato li lasciò a discorrere insieme, per correre a dare un'occhiata nel magazzino, e disporre l'occorrente.

Vanni Mendola s'era fatto radere, e aveva messo il vestito nuovo della domenica. Di giorno, così camuffato, sembrava più piccolo e sparuto ancora, con una faccia da pulcino, e un certo ammiccar dell'occhio, che sembrava dicesse delle barzellette a ogni parola, e quando parlava colle donne doveva far loro come il solletico. - Sentite, - disse al Biondo, - com'è vero Dio, me ne dispiace! Alle volte, lo sapete, una parola tira l'altra, e non si sa dove si va a finire. Avrei fatto meglio a tacere, giacché ve la pigliate calda per donna Concettina. Tanto più che non val la pena di ammazzarsi per colei.

- Lo so. Son venuto soltanto per fare il mio dovere.

- Donne! - conchiuse il Mendola, - pazzo chi ci si mette! -

Il Pizzolato s'affacciò di nuovo all'uscio, e disse che era pronto.

- Sentite quest'altra cosa, don Giuseppe. Se volete chiuderle la bocca una volta per tutte, e levarvela di torno, ditele che sapete di un certo segno che le ha lasciato il Mendola. E ho finito.

- Zitto! - interruppe il Pizzolato. - Non bisogna scaldarsi il sangue adesso! -

I giovani del magazzino, occupati a spartire i cenci, sgattaiolarono uno dopo l'altro, dinanzi a un randello che aveva ghermito il padrone. Intanto che Mendola, il Biondo e due altri amici entravano nel magazzino, il Pizzolato affacciò il capo fra i battenti e disse:

- Li ci avete tutto -. E chiuse l'uscio.

Successero alcuni minuti di silenzio. Poi uno scalpiccìo dentro il magazzino, dei salti sul battuto, delle esclamazioni brevi e secche. Infine uno degli amici fece capolino.

- Tutti e due, - rispose alla domanda ch'era negli occhi del Pizzolato.

- Badate ai fatti vostri, voialtri! - minacciò costui, rivolto ai ragazzacci che levavano il capo curiosi.

Primo uscì Mendola, piegato in due, colla faccia più incartapecorita ancora; e dopo venne il Biondo, smorto in viso, sorretto per le ascelle da due amici.

- Gli avete fatto quello che occorreva? - domandò loro il Pizzolato.

- Sissignore, a tutti e due. Pericolo non ce n'è.

- Voialtri tornate dentro a lavorare! - ordinò il Pizzolato colla voce di cappone ai giovani del magazzino. - E se mai, non avete visto niente! -

All'ospedale volevano sapere dal Biondo un mondo di cose: chi era stato, come, e quando. Il Mendola, appunto per evitare tutte quelle noie, si faceva curare di nascosto dagli amici, in un bugigattolo. Ma anche il Biondo "aveva dello stomaco", e se ne stava apposta col naso contro il muro, per non essere seccato. - È stato un accidente, lavorando da sellaio. Avevo il punteruolo in mano, così... Va bene; fatemi mettere in prigione, ma non posso dir altro -. Giudice e carabinieri rimasero a denti asciutti. Quando donna Concettina mandò la vecchia, per vedere come stava, il Biondo tornò a dire le stesse cose, senza nemmeno voltare il capo:

- Bene, bene, sto benone. È stato un accidente, roba da nulla. Salutatemi vostra figlia -.

Però appena ebbe lasciato l'ospedale, un po' debole ancora e bianco in viso, andò a trovare la fruttivendola.

- O santo cristiano! che mi avete fatto morire di spavento! - gli disse lei. - Ora come state?

- Io sto bene, - rispose lui. - E son venuto apposta, ora che non c'è nessuno, per parlarti da solo a sola.

- O Gesù mio! Tornate un'altra volta con quei discorsi vecchi? Che cosa vi hanno detto contro di me? Parlate chiaro.

- E se parlo chiaro, tu chiaro mi rispondi?

- Sì, per la Madonna Immacolata!

- Guarda che hai gli occhi falsi, Concettina! Con don Giovanni Mendola cosa ci hai avuto?

- Ci ho avuto? Niente ci ho avuto! Veniva a comprar noci e mele. Viene tanta gente! La bottega è un porto di mare... In coscienza mia, Peppino, non mi guardare a quel modo! Te lo farò dire dai vicini, se non mi credi... Vado a chiamarli...

- No! Lascia stare i vicini. Dimmi cosa c'è stato fra voialtri. E se dicesti di sì a lui, quand'era vivo il Grosso tuo marito, perché m'hai detto sempre di no, a me, ora che sei vedova?

- Ah, siete venuto ad insultarmi? Per questo siete venuto? Ebbene, giacché credete piuttosto a quel galantuomo, e sospettate ancora di me... Ebbene, non voglio più saperne di voi, né per marito né per nulla!... Lasciatemi andare...

- No, non te ne andare! Dimmi perché mi hai detto sempre di no, a me che ti volevo tanto bene, mentre a quell'altro gli hai detto di sì!...

- Aiuto! aiuto!

- No, non gridare! Tu gli hai fatto vedere il segno che ci avevi dalla nascita, a quell'altro, perché l'amavi. Io voglio lasciartene uno sulla faccia, perché tutti lo vedano, che ti ho voluto bene anch'io!
-

Aveva nel taschino del panciotto una moneta sottile come una lama, e arrotata da una parte, una monetina da due centesimi che teneva fra l'indice e il pollice come un confetto, e lasciava il segno dove toccava, per tutta la vita.

- Aiuto! all'assassino! - urlò la donna avventandoglisi contro colle unghie, accecata dal sangue che gli rigava la guancia.

Il Biondo, pallido come un cencio, in mezzo alla folla dei vicini, che lo scrollavano tenendolo pel petto, balbettava:

- Ora vado in galera contento -.

L'AGONIA DI UN VILLAGGIO

"Bollettino dell'eruzione! Il fuoco a Nicolosi!" La folla accorreva dai dintorni, a piedi, a cavallo, in carrozza, come poteva. Lungo la salita, fra il verde delle vigne, un denso polverone disegnava il zig-zag della strada. Ad ogni passo s'incontravano carri che scendevano dal villaggio minacciato, carichi di masserizie, di derrate, di legnami, perfino d'imposte e di ringhiere di balconi, tutto lo sgombero di un villaggio che sta per scomparire. E colla roba, sui carri, a piedi, uomini e donne taciturni, recandosi in collo dei bambini sonnolenti, coi volti accesi dalla caldura e dall'ambascia. Pei casolari, nelle borgate, lungo la via, gli abitanti affacciati per vedere, colle mani sul ventre; qualche vecchierella che attaccava un'immagine miracolosa allo stipite della porta o al cancello dell'orto; i monelli che ruzzavano per terra festanti; e sulle porte spalancate delle chiesuole, la statua del santo patrono, luccicante sotto il baldacchino, come un fantasma atterrito, colle candele spente, e i fiori di carta dinanzi. A Torre del Grifo scaricavano carrate intere di assi e di tavole sulla piazzetta, per le baracche dei fuggiaschi. Le pompe d'incendio tornavano indietro di gran trotto, col fracasso di carri d'artiglieria; e in alto, dirimpetto, il vulcano tenebroso, dietro un gran tendone di cenere, lanciava in aria, con un rombo sotterraneo, getti di fiamme alti cinquecento metri.

All'ingresso del paesetto era un ingombro straordinario di carri, cavalli, gente che gridava, e soldati col fucile ad armacollo, quasi l'avanguardia di un esercito in rotta. Si camminava su di una sabbia nera, fra due file di case smantellate, irregolari, cogli usci e le finestre divelte. La gente ancora affaccendata a portar via roba. Dal balcone di una casa nuova calavano gridando - Largo! - un armadio monumentale. Una vecchierella stava a custodia di alcune galline, seduta su di un cesto, in un cortile ingombro di doghe e cerchi di botte. E qua e là, sulle porte senza uscio, vedevasi qualche povero diavolo che voltava le spalle alle stanzucce nude, aspettando colle mani in mano e il viso lungo, in silenzio, come nell'anticamera di un moribondo. Sul marciapiede del casino di compagnia erano schierate su due file di sedie alcune signore venute a vedere lo spettacolo, che si facevano vento, degli uomini che fumavano, un sorbettiere portava in giro dell'acqua fresca, il baldacchino del Santissimo appoggiato al muro, colle aste in fascio, e di faccia la chiesa spalancata, senza lumi, solo un luccichìo di santi dorati in fondo all'altare in lutto. - Lassù dal campanile, sul chiacchierìo, sul frastuono, sui boati del vulcano, la campana che sonava a processione, senza cessare un istante.

Al Nord, verso l'Etna, lo stradone si allungava in mezzo a due file di ginestre arboree, formicolante di curiosi che andavano a vedere, ridendo, schiamazzando, chiamandosi da lontano, e gli strilli soffocati delle signore barcollanti sul basto malfermo delle mule, e il vociare di quelli che vendevano gasosa, birra, uova e limoni, sotto le baracche improvvisate. Via via che i più lontani giungevano sull'erta udivasi gridare: - Ecco! ecco! - con un grido quasi giulivo; di faccia, a destra e a sinistra, fin dove arrivava l'occhio, come il ciglione alto di una ripa scoscesa, nera, fumante, solcata qua e là da screpolature incandescenti, dalle quali la corrente di lava rovinava con un acciottolìo secco di mucchi immensi di cocci che franassero.

A due passi le ginestre in fiore si agitavano ancora alla brezza della sera; delle signore si stringevano al braccio del loro compagno di viaggio, con un fremito delizioso; altri si sbandavano per le vigne, lungo la linea della corrente minacciosa, scavalcando muricciuoli, saltando fossatelli, le donne colle sottane in mano, con un ondeggiare infinito di veli e d'ombrellini, mentre il crepuscolo moriva nell'occidente, e la marina in fondo dileguava lontana, nel tempo istesso che l'immensa fiumana di lava sembrava accendersi nell'orizzonte tetro. Dal paesetto perduto nell'oscurità giungeva sempre il suono delle campane, e un mormorìo confuso e lamentevole, un formicolìo di lumi che si avvicinavano, quasi delle lucciole in viaggio. Poi, dalle tenebre della via, sbucò una processione strana, uomini e donne scalzi, picchiandosi il petto, salmodiando sottovoce, con una nota insistente e lamentosa della quale non si sentiva altro che: - Misericordia! misericordia! -

E sul brulicame nero e indistinto di quei penitenti, fra quattro torce a vento fumose, un Cristo di legno, affumicato, rigido, quasi sinistro, barcollante sulle spalle degli uomini che affondavano nella sabbia.

...E CHI VIVE SI DÀ PACE

Come la batteria partiva a mezzanotte, Lajn in Primo aveva invitato la sua ragazza a desinare - una gentilezza per mostrarle il dispiacere che provava nel lasciarla. - Sapevano giusto un'osteria di campagna, appena fuori la porta, bel sito e vino buono, quattro ciuffetti di verde al sole, l'altalena e il gioco delle bocce, i tavolinetti sotto il pergolato, da starci bene in due soli, senza soggezione; e subito dopo la campagna larga e quieta, grandi fabbriche in costruzione, tutte irte di antenne, un folto d'alberi a diritta, e in fondo la linea dei monti, che digradavano.

Anna Maria s'era messa il vestitino nuovo, colla giacchetta attillata, le scarpette di pelle lucida e le calze rosse. Sentiva una gran contentezza, stando insieme al suo bel militare, coi gomiti sulla tovaglia, i mezzi litri che andavano e venivano, Lajn Primo di faccia a lei, col naso nel piatto, dandole delle ginocchiate di tanto in tanto. Però al vedergli il chepì coll'incerato, e la striscia gialla della giberna che gli fasciava il petto, si sentiva gonfiare il cuore nel seno, grosso grosso, da mozzarle il fiato. - Mi scriverai? Dì: mi scriverai? - Egli accennava di sì, a bocca piena, guardandola negli occhi lucenti che l'accarezzavano tutto, il panno grosso dell'uniforme e la faccia lentigginosa di biondo. C'erano nel piatto dei mandarini colle foglioline verdi. Essa ne strappò una, e volle mettergliela alla bottoniera.

Lì accanto si udiva l'urtarsi delle bocce fra di loro. Alcune ragazze schiamazzavano attorno l'altalena, colle gonnelle in aria. Passavano dei carri per la strada, cigolando, delle nuvole grigie di estate che lasciavano piovere una gran tristezza. Lajn Primo chiacchierava sempre lui, col sigaro in bocca, la testa già lontana, nei paesi dove andava la batteria, cercando di tanto in tanto la mano di Anna Maria attraverso la tavola, quando in bocca gli venivano le parole buone. Poi, siccome aveva il vino allegro, si mise a canticchiare:

    Morettina di la stacioni.

    Ecco il trenno che già parti.

    Mi rincresse di lasciarti,

    Il soldato mi tocc'affar

E tutt'a un tratto la ragazza scoppiò a piangere, col viso nel tovagliuolo.

- Via! via! I morti soli non si rivedono!... - Stavolta però gli tremavano i baffi rossi anche a lui, e le mani, nell'affibbiarsi il cinturone. Vollero fare quattro passi sino al fiume, come le altre volte. C'era un sentieruolo fangoso a sinistra, fra i campi, sotto dei grandi olmi.

Anna Maria si lasciava condurre a braccetto, colle sottane in mano, gli occhi socchiusi che non vedevano, un gran sbalordimento dentro, una dolcezza infinita e malinconica, al tintinnìo di quella sciabola e di quegli sproni e al contatto di quell'uniforme contro cui tutta la sua persona le sembrava che volesse fondersi. Egli le aveva passato il braccio attorno alla vita, mormorandole ne' capelli tante paroline affettuose che essa udiva confusamente, l'orecchio però sempre teso verso la tromba della caserma, da buon soldato.

A un certo punto Anna Maria gli sfuggì di mano, e corse a inginocchiarsi sul ciglione del fossatello, senza badare al vestito nuovo, per cogliere delle foglioline verdi che spuntavano dal muricciuolo.

- Per te! Le ho colte per te! -

Egli non sapeva più dove metterle; le diceva scherzando che lo caricava d'erba come un asino, così, per farla ridere. La ragazza però non rispondeva; stava segnando delle grandi lettere storte sulla corteccia di un olmo, con un sasso, due cuori uniti e una croce sopra. Lajn non voleva, per via del malaugurio; però l'aveva presa fra le braccia, intenerito anche lui, tanto non passava nessuno nella stradicciuola fangosa di là dall'argine. Essa diceva di no, diceva di no, col cuore gonfio. Guardava piuttosto un gran muraglione nerastro ch'era dirimpetto, quasi volesse stamparselo negli occhi. Gli diceva: - Guarda anche tu! anche tu! - Aveva il viso triste, poveretta! Calava la sera desolata, con una squilla mesta e lontana dell'avemaria che picchiava sul cuore.

Quanto piangere fece Anna Maria cheta cheta nel fazzolettino ricamato!

Prima di lasciarla, sull'angolo della via, egli le aveva detto: - Verrò a salutarti un'altra volta, prima di partire; fatti portare sulla porta -. E si tenevano per mano, non si risolvevano a staccarsi l'uno dall'altro. Lajn Primo tornò infatti a salutarla un'altra volta, prima di partire, come passasse per caso, nell'andare in quartiere. Anna Maria teneva per mano la figlioletta del portinaio - un pretesto per star lì sulla porta - e gli fece segno che c'era gente dietro l'uscio. Allora scambiarono ancora quattro parole per dirsi addio, senza guardarsi, parlando del più e del meno - lui che gli tremavano i baffi rossi un'altra volta. - Passerete di qua, per andare alla stazione? - Sì, sì, di qua! - Ogni momento della gente che andava e veniva, Ghita nel cortile ad accendere il gas. Lajn Primo accese anche un sigaro, e se ne andò colle spalle grosse. Anna Maria lo guardava allontanarsi.

La gente si affollava per la via, a veder passare i soldati che partivano pel campo: tutti gli inquilini della casa, sotto il lampione della porta; Ghita che teneva abbracciata Anna Maria; suo padre, il portinaio, e i padroni anche loro, alle finestre, coi lumi. Così la povera ragazza vide passare la batteria dov'era il suo artigliere, in mezzo alla calca e ai battimani; i cavalli neri che sfilavano a due a due, scotendo la testa, dei cassoni enormi che facevano tremare le case, e sopra, sui cappelli e i fazzoletti che sventolavano, i chepì degli artiglieri coll'incerato, dondolando.

Non vide altro: tutti quei chepì si somigliavano. Il suo Lajn però la scorse, alle folte trecce nere, in mezzo alle comari, la mamma di Ghita che stava contandole delle frottole - la vide che lo cercava, povera figliuola, con gli occhi smarriti e il viso pallido, senza poterlo scorgere, seduto basso com'era sul sediolo accanto al pezzo, il guanto sulla coscia, al suono triste della marcia d'ordinanza, che si allontanava.

Passarono città, passarono villaggi; dovunque, sulle porte, uomini e donne che s'affacciavano a veder passare i soldati. Alle volte, nella folla, un musetto pallido che somigliava ad Anna Maria - "Morettina di la stacioni..." - Alle volte, lungo lo stradone polveroso, un'osteria di campagna coll'altalena e il pergolato verde, come quella dov'erano stati a desinare insieme. Alle volte un fossatello con due filari d'olmi, o un muraglione nerastro che rompeva il verde. Oppure una cascina coi panni stesi al sole, una vecchierella che filava, un sentieruolo come quello per cui era disceso dai suoi monti, col fagottino sulle spalle larghe e robuste che lo avevano fatto prendere artigliere.

Poscia la via bianca e polverosa, rotta, sfondata dal passaggio della truppa formicolante di uniformi - e di tanto in tanto uno squillo di tromba, che sonava alto nel brusìo.

Di qua del fiume una gran folla: soldati di tutte le armi, un luccichìo, tende di cantiniere che sventolavano, e cavalli che nitrivano; delle canzoni dolci e malinconiche, in tutti i dialetti, come un'eco lontana del paese, in mezzo alle risate e al rullo dei tamburi: - "Morettina di la stacioni... mi rincresse di lasciarti!..." - Sull'altra sponda la campagna calma e silenziosa, coi casolari tranquilli affacciati nel verde delle colline, e sulla linea scura che traversava il fiume, luccicante qua e là, l'ondeggiare delle banderuole turchine, una lunga fila di lancieri polverosi che sfilavano sul ponte.

Le quattro trombe della batteria tutte insieme sonarono - Avanti -. Poscia, di là del ponte - A trotto! - in mezzo a un nugolo di polvere, alberi e casolari che fuggivano, pennacchi di bersaglieri ondeggianti fra i seminati. Di tanto in tanto, in mezzo al frastuono, si udiva un rombo sordo, dietro le colline. E fra gli scossoni dell'affusto, la canzone della partenza che ribatteva: - "Ecco il treno che già parti..." - A galoppo, *Marche*! - Addio, Morettina! Addio!

Su, su, per l'erta, sfondando le siepi, sradicando i tralci, saltando i fossati, i cavalli fumanti e colle schiene ad arco, gli uomini a piedi, spingendo le ruote, frustando a tutto andare. Poi, sulla cima del colle, due carabinieri di scorta immobili, a cavallo, dietro un gruppo di ufficiali che accennavano lontano, alle vette coronate di fumo, e dei soldati sparsi per la china, fra i solchi, come punti neri. Qua e là, dei lampi che partivano dalla terra bruna, e il rombo continuo nelle colline dirimpetto, delle nuvolette dense che spuntavano in fila sulla cresta.

Detto fatto, i pezzi in batteria, e musica anche da questa parte. Allora, dopo cinque minuti, attorno alla batteria cominciò a tirare un vento del diavolo - la terra che volava in aria, gli alberi dimezzati, solchi che si aprivano all'improvviso, dei sibili acuti che passavano sui chepì. Però attenti al comando e nient'altro per il capo - né capelli bianchi, né capelli neri. - Abbracci'avant! - Alt! - Caricat! Prima il povero Renacchi che stava per compir la ferma. - Mamma mia! Mamma mia - Numero due, manca! - Attenti! - Si udiva il comando secco e risoluto del biondo ufficialetto che stava impettito fra i due pezzi, ammiccando nel fumo, cogli occhi azzurri di ragazza, i quali vedevano forse ancora il piccolo coupé nero che aspettava in piazza d'armi, e la mano bianca allo sportello. - Abbracci'avant! - Alt! - Caricat! - Tutt'a un tratto giù in un gomitolo anche lui, fra un nugolo di polvere, gemendo sottovoce e mordendo il cuoio del sottogola. Solo il comandante rimaneva in piedi, ritto sul ciglione, in mezzo al vento furioso che spazzava via tutto, guardando col cannocchiale, come un gran diavolo nero.

Lajn Primo in quel momento stava chino sul pezzo, a puntare, strizzando l'occhio turchino, come soleva fare per dire ad Anna Maria quanto gli piacesse il suo musetto, e facendo segno colla destra al numero tre di spostare a sinistra la manovella di mira, quando venne la sua volta anche per lui. - Ah! Mamma mia! - Colle mani tentò di aggrapparsi ancora all'affusto, delle mani che vi stampavano il sangue - cinque dita rosse. - Numero quattro, manca! - Attenti! -

Il telegrafo portava le notizie, una dopo l'altra: tanti morti, tanti feriti. - Ciascun bollettino cinque centesimi. - Anna Maria ne aveva raccolto un fascio, lì sul cassettone. E poi, due volte al giorno, all'andare e venire dalla fabbrica, passava dalla posta. - Nulla - nulla -. Che gruppo allora nella gola! che peso sul cuore e dinanzi agli occhi! La sera soprattutto, quando sonava la ritirata! La notte che se lo sognava, e lo vedeva sotto il pergolato, canticchiando - "Mi rincresse di lasciarti", - e le stringeva la mano sulla tovaglia! Avesse avuta la mamma almeno, per sfogarsi! Il babbo, poveretto, cosa poteva farci? notte e giorno sulla macchina, a correre pel mondo. La sua amica Ghita, che non aveva fastidi, lei, e non se la prendeva di nulla, faceva spallucce, ripetendole:

- Gli uomini, mia cara, son tutti così. Lontano dagli occhi, lontano dal cuore! - Quanto piangere fece in quel fazzolettino!

Tornavano i soldati, lunghe file di cavalli, battaglioni interi. Dinanzi al castello, in piazza d'armi, erano pure tornati i carretti colle arance, e quelli del sorbetto a due soldi, e le bambinaie coi ragazzi, e le coppie che si allontanavano sotto gli alberi. Artiglieri che andavano e venivano, coll'incerato sul chepì, tale e quale come Lajn Primo. - n. 7, n. 9. - Solo mancava il numero del suo Lajn.

Nella fabbrica aveva sentito dire che molta truppa era stata mandata in Sicilia - laggiù, lontano. - Lontano dagli occhi, lontano dal cuore! - Neppure un rigo in tre mesi! Quante gite alla posta! quante volte ad aspettare il portalettere dal portinaio! Tanto che Cesare, il servitore dirimpetto, il quale veniva a pigliare le lettere della contessa, le diceva anche lui, ridendo:

- Nulla, eh? Ha male alla penna il suo artigliere? -

Una vera persecuzione quell'antipatico, colla faccia di donna, e i capelli lucenti di pomata! Aveva un bello sbattergli la finestra sul muso! Tutto il giorno lì, di faccia, in anticamera, a farle dei segni colle manacce sempre infilate nei guanti bianchi, scappando solo un momento appena sonavano il campanello, e tornando subito a montare la sentinella. Sempre, sempre, quasi si cocesse anch'esso a poco a poco, al vedersela ogni giorno lì di faccia. Sicché una volta la fermò per le scale, e le disse: - Cosa le ho fatto, infine? Almeno me lo dica! - E come si vedeva che le parole gli venivan dal cuore, essa non ebbe animo di mandarlo a quel paese.

Pensava sempre a quell'altro, però, lavorando alla finestra. Chissà, chissà dov'era? di là da quelle case, dove andavano quelle nuvole scure? Che tristezza quando giungeva la sera! La campana di Sant'Angelo, lì vicino, che le picchiava sulla testa, e in cuore la tromba della ritirata, che piangeva. Il servitore accendeva i lumi, dirimpetto, e poi rimaneva ancora lì, nell'ombra delle cortine, si scorgeva dai bottoni che luccicavano. Quanto piangere in quel fazzolettino ricamato! Tanto che il cuore era stanco e s'era vuotato intieramente.

Il giorno di san Luca, ch'era anche la festa del portinaio, andarono tutti a Monte Tabor. Ghita era venuta a prenderla per forza, e anche Cesare, il quale s'era fatto dare il permesso quel giorno dalla padrona, e le aveva detto, stringendole le mani: - Venga, venga con noi! Così, a star sempre chiusa, piglierà qualche malanno! - Una gran tavolata all'aria aperta, l'altalena e il giuoco delle bocce -. Cesare, che pensava sempre ad una cosa, le rispose: - M'importa assai delle bocce adesso! Mi lasci stare vicino a lei piuttosto, ché non la mangio mica! - La sera poi, al ritorno, le diede il braccio; tutta la brigata a piedi pel bastione, sotto i platani che lasciavano cadere le foglie. Una bella sera fresca e stellata. Delle ombre a due a due che si parlavano all'orecchio, sui sedili, voltando le spalle alla strada.

Anna Maria chiacchierava di questo e di quello, per non lasciar cadere il discorso. L'altro zitto, a capo chino. - Buona sera, buona sera. - Aspetti, aspetti. L'accompagno sino all'uscio, di sopra. Non voglio che salga le scale così al buio e tutta sola. Ora accendo un cerino. - No, no, ci son le stelle -. Delle stelle lucenti che scintillavano sui tetti, attraverso i finestroni ad arco, ogni ramo di scala - sei rami. Anna Maria, di già stanca, s'era appoggiata al muro, proprio accanto al finestrone, col fiato ai denti. - Ah! le mie povere gambe! - Egli sempre zitto, guardandola nella poca luce che lasciava vedere soltanto il musetto pallido e gli occhi lucenti. - Che fatica! Una giornata intera! Dev'essere molto tardi. Guardi quante stelle! - Batteva un po' la campagna anche lei, poveretta, per sfuggire a quel silenzio. Ma lui non rispondeva ancora. - Bella sera! Non è vero? - Allora egli le prese la mano e balbettò con voce mutata: - Se crede che abbia capito quel che m'ha detto, sa!... - E anche lei fu vinta da una gran dolcezza, da un grande abbandono. Gli lasciò la mano nella mano e chinò il capo sul petto.

Quest'altro aveva le mani bianche e pulite di uno che non fa nulla, i capelli lisci, la pelle fine, certe garbatezze d'anticamera che l'accarezzavano. Lo vedeva ogni giorno, l'aspettava alla porta, si lasciava condurre la domenica a desinare in campagna, alla stessa tavola, sotto il pergolato, colle ragazze che schiamazzavano sull'altalena, e gli avventori che giocavano alle bocce. Avevano passeggiato insieme per quella stradicciuola fangosa, sotto i pioppi, stringendosi l'uno all'altro, nella sera che li celava. Poi egli voleva sapere questo e quello; voleva frugare come un furetto nel presente e nel passato. La faceva ritornare, passo passo, verso quelle memorie che le rifiorivano in cuore come una carezza e una puntura. Era geloso della stradicciuola dove era stata a passeggiare con quell'altro, geloso della campagna che avevano vista insieme, della tavola alla quale s'erano seduti e del vino che avevano bevuto nello stesso bicchiere. Diventava a poco a poco ingiusto e cattivo. Un vero ragazzo, ecco. Un ragazzo bizzoso da mangiarserlo coi baci. Che dolcezza per Anna Maria allora! Che dolcezza triste ed amara! Tutte le lacrime che egli le faceva versare le restavano in cuore, e glielo rendevano più caro.

Le bruciava le labbra! ma infine... infine glielo disse: - Non ci penso più, ti giuro! Non ci penso più a quell'altro!... - Cesare non voleva crederle! Anzi, a ogni cosa che ella facesse per provarglielo, ogni bacio, ogni carezza, ogni parola, era come se quell'altro si mettesse fra loro due. Allora Anna Maria un sabato sera gli fece segno dalla finestra, con tutte e due le braccia, col viso illuminato. - Domani! Domani! - E all'ora solita si vestì in fretta, colle mani tremanti, tutta radiosa, le calze rosse, le scarpe lucide, la giacchetta attillata, tale quale come quel giorno ch'era andata l'ultima volta coll'artigliere, e volle condurlo proprio là, nel sentieruolo sotto i pioppi. - Perché? cosa vuoi fare? - domandava Cesare. - Vedrai! Vedrai! -

Erano cresciute delle altre fronde all'olmo, nel maggio che fioriva, del verde che celava i due cuori color di ruggine, legati insieme dalla croce. Essa però li rinvenne subito, e con un sasso, gli occhi lucenti, il seno che le scoppiava, le mani febbrili, si mise a raschiare da per tutto, sulla corteccia dell'olmo, le iniziali, i due cuori, la croce, tutto. Poi gli buttò le braccia al collo, a lui che stava a guardare con tanto di muso, e se la strinse al petto, furiosamente.

- Mi credi ora? Mi credi ora? -

Egli le credette allora, con quelle braccia annodate al collo, e quel seno che si gonfiava contro il suo petto. Ma dopo fu la stessa storia: ogni cosa gli dava ombra: se era allegra, se era malinconica, se cantava, se taceva, se si pettinava in un certo modo, e se non voleva confessare che quegli orecchini fossero un ricordo di quell'altro, se la vedeva dal portinaio, o se la incontrava vicino alla posta.

Ogni carezza, ogni parola - delle parolacce amare, dei musi lunghi, delle risate ironiche, degli impeti di collera, dei voltafaccia bruschi di servitore che sputi villanie dietro le spalle dei padroni. - Con lui non dicevi così! Con quell'altro era un altro par di maniche! - No! no! te lo giuro! Non ci penso più! Tu solo adesso! Tu solo! - Poi gli arrivò a dire: - Non gli ho mai voluto bene!...

- O allora? - rispose il servitore.

E infine un giorno essa gli mostrò una carta; una carta che gli aveva portata nel petto, come una reliquia. - Guarda! Guarda! - Era il certificato di morte del suo artigliere, come glielo buttava in faccia a ogni momento Cesare. Il certificato di morte di Lajn Primo, soldato del V artiglieria, c'era il bollo e tutto, non vi mancava nulla; la povera donna glielo portava come un regalo, come un regalo del bene che aveva voluto e delle lacrime che aveva versate, come un regalo di tutta se stessa, della donna innamorata e sottomessa.

L'altro, il maschio, per tutta risposta fece una spallata.

IL BELL'ARMANDO

Ecco quel che gli toccò passare al Crippa, parrucchiere, detto anche il bell'Armando, Dio ce ne scampi e liberi!

Fu un giovedì grasso, nel bel mezzo della mascherata, che la Mora gli venne incontro sulla piazza, vestita da uomo - già non aveva più nulla da perdere colei! - e gli disse, cogli occhi fuori della testa:

- Dì, Mando. È vero che non vuoi saperne più di me?

- No, no! quante volte te l'ho a dire?

- Pensaci, Mando! Pensa che è impossibile finirla del tutto a questo modo!

- Lasciami in pace. Ora sono ammogliato. Non voglio aver storie con mia moglie, intendi?

- Ah, tua moglie? Essa però lo sapeva quello che siamo stati, prima di sposarti. E oggi, quando t'ho incontrato a braccetto con lei, mi ha riso in faccia, là, in mezzo alla gente. E tu, che l'hai lasciata fare, vuol dire che non ci hai né cuore, né nulla, lì!

- Be', lasciamo andare. Buona sera!

- Dì, Mando? È proprio così?

- No, ti dico! Non voglio più!

- Ah, non vuoi più? No? -

E il Crippa, colpito lì dove la Mora diceva che non ci aveva né cuore né nulla, andò annaspando dietro a lei, come un ubbriaco, e gridando: - Chiappatela! chiappatela! - Poi cadde come un masso, davanti alla bottega del farmacista.

Le guardie e la folla a inseguirla, strillando anche loro: - Piglia! piglia! - Finché un giovane di caffè la fece stramazzare con un colpo di sedia sul capo; e tutti quanti l'accerchiarono, stralunata e grondante di sangue, col seno che gli faceva scoppiare il gilè dall'ansimare, balbettando:

- Lasciatemi! lasciatemi! -

Appena la riconobbero, così rabbuffata, a quel po' di luce del lampione, scoppiarono improperi e parolacce:

- È la Mora! quella donnaccia! l'amante del Crippa! -

Come se gli avesse parlato il cuore, al disgraziato! Giusto in quei giorni, era stato dal maresciallo a denunziargli la sua amante, che voleva giocargli qualche brutto tiro: - La Mora non vuole lasciarmi tranquillo, ora che ho preso moglie, signor maresciallo -. E il maresciallo aveva risposto: - Va bene - al solito, senza pensare a ciò che potesse covare dentro di sé una donna come quella. Ora le guardie arrivavano dopo che la frittata era fatta, sbracciandosi a gridare: - Largo! Largo! -

In quel momento si udì un urlo straziante, e si vide correre verso la bottega del farmacista, dove stavano medicando il ferito, una donna colle mani nei capelli. Era l'altra, la moglie vera, che piangeva e si disperava, gridando: - Giustizia! Giustizia, signori miei! Me l'ha ucciso, quell'infame, vedete! - Il Crippa, abbandonato su di una seggiola, tutto rosso di sangue, col viso bianco e stravolto, la guardava senza vederla, come stesse per lasciarla dopo soli due mesi di matrimonio, poveretta! La folla voleva far giustizia sommaria della Mora, ch'era rimasta accasciata sul marciapiedi, in mezzo agli urli e alle minacce della folla, come una lupa. Arrivarono sino a darle delle pedate nel ventre; tanto che le guardie dovettero sguainare le daghe per menarla in prigione, in mezzo ai fischi, che sembrava una frotta di maschere.

Dopo, al cospetto dei giudici, quando le mostrarono i panni insanguinati della sua vittima, non seppe che cosa rispondere.

- Questa donna ch'è stata di tutti, - tonava il pubblico accusatore, coll'indice appuntato verso di lei, come la spada della giustizia; - questa donna che, per ogni trivio, fece infame mercato della propria abbiezione, e della cecità, voglio anche concedere alla difesa, della acquiescenza del suo amante, questa donna, o signori, osò arrogarsi il diritto delle affezioni pure e delle anime più oneste; osò esser gelosa, il giorno in cui il suo complice apriva gli occhi sulla propria vergogna, e si sottraeva al turpe vincolo, per rientrare nel consorzio dei buoni, ritemprandosi colla santità del matrimonio! -

Ella udì pronunziare la sua condanna, disfatta, cogli occhi sbarrati e fissi, senza dir verbo. Si alzò traballando, come ubbriaca, e nell'uscire dalla gabbia di ferro, batté il viso contro la grata.

Prima l'aveva fatta cadere il signorino - se ne rammentava ancora come un bel sogno lontano, svanito. - Aveva pianto e supplicato. Indi, a poco a poco, vinta dal rispetto, dalla lusinga di quella tenerezza prepotente, dalla collera di quel ragazzo abituato a fare il suo volere in casa, s'era abbandonata timorosa e felice. Era stato un bel sogno, ch'era durato un mese. Egli saliva furtivo nella cameretta di lei, colle scarpe in mano, e si abbracciavano tremanti, al buio. Il giorno in cui il giovanetto dovette far ritorno all'Università, pioveva a dirotto; essa si rammentava pure dello scrosciare malinconico e continuo di quella grondaia. L'avevano sentito tutta la notte, colle braccia al collo l'una dell'altro, cogli occhi sbarrati nelle tenebre, contando le ore che sfilavano lente sui tetti. Poi lo vide partire coll'ombrello sotto l'ascella e la cappelliera in mano, senza dirle una parola davanti ai suoi. La signora però, coll'istinto della gelosia materna, indovinò le lacrime che doveva soffocare la ragazza in quel momento, e si diede a sorvegliarla. Un giorno, dopo averla mandata fuori con un pretesto, salì nella cameretta di lei, si chiuse dentro, e quando la Lena fu di ritorno colla spesa, trovò la padrona seria e accigliata, che le aggiustò il conto su due piedi, le ordinò di far fagotto, e la mise alla porta con una brutta parola.

La povera Lena, non sapendo che fare, schiacciata sotto la vergogna, prese la diligenza per la città, e andò a trovare il suo amante. Egli non era in casa. L'aspettò sulla porta, seduta sul marciapiede, col fagottino accanto. Dopo la mezzanotte lo vide che rientrava insieme a un'altra. Allora si alzò, colle gambe rotte dal viaggio, e si allontanò rasente al muro zitta zitta. Il giovane non ne seppe mai nulla.

Era sopravvenuto un altro guaio, il suo fallo che era visibile a tutti. Cercò inutilmente di collocarsi. Spese quei pochi quattrini che le avanzavano, e infine, per vivere, fu costretta a prendere alloggio in un albergaccio dove la Questura veniva, di tanto in tanto, a far le sue retate. Lì ebbe a fare la prima volta con quella gente. Padrona e avventori ridevano delle paure sciocche di lei, quando le guardie entravano all'improvviso di notte, e frugavano sotto i letti. Uno di quegli avventori, detto il Bulo, uomo sulla cinquantina, colla faccia dura, il quale arrivava ogni quindici o venti giorni, senza bagaglio, ed era sempre in moto di qua e di là, s'innamorò di lei. Ella disse di no.

Allora egli le offerse di sposarla. Lena disse ancor di no, sbigottita da quella faccia, e vergognosa di dover confessare il suo passato. Poscia, quando fu all'ospedale, e che lui soltanto venne a trovarla, colle mani piene d'arance, vinta da una gran debolezza, chinò il capo piangendo, e gli confessò il suo fallo.

Il Bulo protestava che non gliene importava nulla - acqua passata - purché non si ricominciasse da capo - e così si accordarono. Il Bulo non era affatto geloso; la lasciava sola per mesi e settimane, e continuava ad andare sempre in giro pel suo mestiere, che non si sapeva quale fosse. Il Crippa, suo compagno, bazzicava solo in casa, aiutandolo nei negozi ai quali ei solo aveva mano, aspettandolo quando non c'era, avendo sempre qualche cosa da dirgli sottovoce, prima che il Bulo si mettesse in viaggio.

Nel medesimo tempo faceva l'asino alla comare, s'irritava alla resistenza di lei, abituato a fare il gallo della Checca, sempre vestito come un figurino, coi capelli arricciati e lucenti. Le portava dei vasetti di pomata, delle boccette di profumeria. Ella ribatteva che suo marito non se lo meritava. - Era stato tanto buono con lei! - Il Crippa, che certe storie non le capiva, badava a ripetere: - Or bene, giacché vostro marito ha chiuso gli occhi una prima volta... -

Fu un giorno che il marito tardava a venire, e il Crippa la colse nella stanza di sopra, col pretesto di cercare un pacchettino che il compare gli aveva scritto di mandargli. La Lena, china sul cassetto del mobile, cercava insieme a lui, col seno gonfio, quando il bell'Armando tutt'a un tratto l'afferrò pei fianchi e le accoccò un bacio alla nuca.

- No! no! - balbettava essa tutta tremante, bianca come cera; ma il sangue le avvampò all'improvviso in faccia; arrovesciò il capo, cogli occhi chiusi, le labbra convulse, che scoprivano i denti. Dopo rimase tutta sottosopra, tenendosi la testa fra le mani, quasi fuori di sé.

- Cosa ho fatto, Dio mio! Cosa m'avete fatto fare! -

Il Crippa, contento come una Pasqua, cercava di chetarla. Oramai... suo marito non ne avrebbe saputo mai nulla, parola di galantuomo, se avesse avuto giudizio anche lei.

Il Bulo però lo seppe o lo indovinò, al vedere l'aria smarrita della Lena, che ancora non aveva fatto il callo a certe cose. Crippa, il bell'Armando, più sfacciato, gli faceva le solite accoglienze da fratello, buttandogli le braccia al collo, dandogli conto dei loro negozi per filo e per segno.

Il Bulo lo guardò colla faccia dura, e gli rispose secco secco:

- Vi ringrazio, compare, di tutto quello che avete fatto per me, e un giorno o l'altro ve lo renderò -.

La Lena sentì gelarsi il sangue a quelle parole. Ma il Crippa, che aveva mangiato la foglia anche lui, le disse all'orecchio, mentre il compare era andato di sopra un momento, a mutarsi i panni:

- Stai tranquilla, che ci penso io! -

La notte stessa vennero le guardie ad arrestare il Bulo, e misero sottosopra tutta la casa, rimovendo perfino i mattoni del pavimento per vedere quel che c'era sotto. Il Bulo, mentre lo menavano via ammanettato, le lasciò detto per ultimo addio:

- Salutami il compare, e digli che ci rivedremo al mio ritorno -.

Il giorno dopo arrivò il Crippa, fresco come una rosa. La Lena, che aveva qualche sospetto, non seppe nascondergli la brutta impressione. Però egli si scolpò subito giurando colle braccia in croce. Due giorni dopo arrestarono anche lui, come complice del Bulo, mettendoli a confronto l'uno con l'altro. Ma prove non ce n'erano; il Crippa dimostrò ch'era innocente come Dio, e per ribattere l'accusa spiattellò innanzi ai giudici la storia della comare, un tiro che cercava di giocargli il marito per gelosia. - Pelle per pelle, cara mia!... - disse poi alla Lena. - Da mio compare non me l'aspettavo questo servizio!... Quante ne ho passate, vedi, per causa tua!... -

Ormai non c'era più rimedio. Tutto il paese lo sapeva. Perciò ella si mise col Crippa apertamente.

E si rammentava anche di questo - che un giorno, dopo che gli si era data tutta, anima e corpo, dopo che per amor suo aveva sofferto ogni cosa, la fame, gli strapazzi, la vergogna del suo stato, dopo che per lui era arrivata a vendere sin la lana delle materasse, il bell'Armando l'aveva piantata per correre dietro a una stracciona che gli spillava quei pochi soldi strappati a lei. E quando, pazza di dolore e di gelosia, cercava di trattenerlo, cogli occhi arsi di lagrime, dicendogli: - Guarda, Mando!... Guarda che ti rendo la pariglia!... - egli si stringeva nelle spalle, per tutta risposta.

Poi, allorché s'incontrarono di nuovo, era passato tanto tempo! tanto tempo! e tante vicende! Anch'essa era mutata, tanto mutata! Ma quell'uomo non se l'era potuto levare mai dal cuore, e adesso, la sciagurata, chinava il capo e si sentiva venir rossa come una volta.

Fu una sera tardi, che ella tornava a casa tutta sola, per combinazione. Egli la chiamò per nome, guardandola negli occhi con un certo fare, con un risolino che la rimescolava tutta. Lei voleva scusarsi balbettando, tentando di giustificarsi umilmente, mentre sentiva che il cuore le balzava verso quell'uomo. Lui le tappò la confessione in bocca con un bel bacio, un bacio che la fece impallidire, e le passò il cuore come un ferro.

Avrebbe preferito una coltellata addirittura. Ma egli non era geloso, no. Ormai!...

Un giorno le capitò dinanzi tutto rabbuffato. Aveva bisogno di denari; ma si fece pregare un bel pezzo prima di confidarglielo. Lena glieli diede il giorno dopo. D'allora in poi tornò spesso a domandargliene, senza farsi più pregare. E infine quando la poveretta, colla nausea alla gola, come una costretta a mandar giù delle porcherie, si arrischiò a dirgli: - Ma dove vuoi che li pigli questi denari? - per tutta risposta Mando le voltò le spalle.

- Senti, - esclamò la Lena con un impeto di tenerezza selvaggia, buttandoglisi al collo; - se li vuoi... se li vuoi proprio questi denari... Ma dimmi almeno che mi vorrai bene lo stesso... -

Egli si lasciò abbracciare, ancora accigliato, brontolando fra i denti.

Lena glielo diceva spesso:

- Vedi, lo so che tu non mi vuoi bene. Ma non me ne importa; perché te ne voglio tanto io; tutto il male che ho fatto, l'ho fatto per te, intendi? -

E il giorno in cui venne a sapere che egli prendeva moglie, l'ultima volta che ebbe ancora il coraggio di comparirle dinanzi col sorrisetto ironico e la giacchetta nuova, gli disse:

- Lo so che la sposi pei quattrini. Ma ora tu devi fare quel che io ho fatto per te -.

Il bell'Armando fingeva di non capire. Allora Lena lo afferrò pei capelli profumati, colle labbra bianche, e gli disse:

- Guarda, Mando! Guardami bene negli occhi! E dimmi s'è possibile finirla così, del tutto, dopo quel che abbiamo fatto tutti e due! Dimmi se potresti dormire senza rimorsi nel letto di tua moglie...
-

Il Crippa campò, per sua fortuna; mise giudizio, ed ebbe figliuoli e sonni tranquilli, in quel buon letto morbido e caldo, mentre la Mora scontava la pena sul tavolaccio dell'ergastolo.

NANNI VOLPE

Nanni Volpe, nei suoi begli anni, aveva pensato soltanto a far la roba. - Testa fine di villano, e spalle grosse - grosse per portarci trent'anni la zappa, e le bisacce, e il sole, e la pioggia. Quando gli altri giovani della sua età correvano dietro le gonnelle, oppure all'osteria, egli portava paglia al nido, come diceva lui: oggi un pezzetto di chiusa, domani quattro tegole al sole: tutto pane che si levava di bocca, sangue del suo sangue, che si mutava in terra e sassi. Allorché il nido fu pronto, finalmente, Nanni Volpe aveva cinquant'anni, la schiena rotta, la faccia lavorata come un campo; ma ci aveva pure belle tenute al piano, una vigna in collina, la casa col solaio, e ogni ben di Dio. La domenica, quando scendeva in piazza, col vestito di panno blu, tutti gli facevano largo, persino le donne, vedove o zitelle, sapendo che ora, fatta la casa, ci voleva la padrona.

Egli non diceva di no, anzi, ci stava pensando. Però faceva le cose adagio, da uomo uso ad allungare il passo secondo la gamba. Vedova non la voleva, ché vi buttano ogni momento in faccia il primo marito; giovinetta di primo pelo neppure, per non entrare subito nella confraternita, diceva lui. Aveva messo gli occhi sulla figliuola di comare Sènzia la Nana, una ragazza quieta del vicinato, cucita sempre al telaio, che non si vedeva alla finestra neppure la domenica, e sino ai ventott'anni non aveva avuto un cane che le abbaiasse dietro. Quanto alla dote, pazienza! Vuol dire che aveva lavorato egli per due. La Nana era contenta; la ragazza non diceva né sí né no, ma doveva esser contenta anche lei. Soltanto qualche mala lingua, dietro le sue spalle, andava dicendo: - Acqua cheta rovina mulino -. Oppure: - Questa è volpe che se la mangia il lupo, stavolta! -

A Pasqua finalmente giunse il momento della spiegazione. I seminati erano alti cosí, gli ulivi carichi, Nanni Volpe aveva terminato allora di pagare l'ultima rata del mulino. - Ogni cosa proprio opportuna. - Infilò il vestito blu, e andò a parlare a comare Sènzia. La ragazza era dietro l'uscio della cucina ad ascoltare. Quando poi sua madre la chiamò, comparve tutta rossa, lisciata di fresco, colla calzetta in mano, e il mento inchiodato al petto.

- Raffaela, qui c'è massaro Nanni che ti vuole per sposa, - disse la madre.

La giovane rimase a capo chino, seguitando a infilare i punti della calza, col seno che le si gonfiava. Massaro Nanni aggiunse:

- Ora si aspetta che diciate anche voi la vostra -.

La mamma allora venne in aiuto della sua creatura.

- Io, per me, sono contenta -.

E Raffaela levò gli occhi dolci di pecora, e rispose:

- Se siete contenta voi, mamma... -

Le nozze si fecero senza tanto chiasso, perché compare Nanni Volpe non aveva fumi pel capo, e sapeva che a fare un tarí ci vogliono venti grani. Pure non si dimenticarono i parenti piú stretti ed i vicini; ci furono dolci del Monastero, e vino bianco. Fra gli invitati c'erano anche quelli che sarebbero stati gli eredi di Nanni Volpe, poveri diavoli che s'empivano di roba, e si sarebbero mangiata cogli occhi anche la sposa. Questa, impalata nel vestito di lana e seta, cogli ori al collo, badava già ai suoi interessi, l'occhio al trattamento, il sorrisetto della festa e una buona parola per tutti, amici e nemici. Nanni Volpe, tutto contento, si fregava le mani, e diceva fra sé e sé:

- Se non riesce bene una moglie come questa vuol dire che non c'è più né santi né paradiso! -

E Carmine, suo cugino alla lontana, che lo chiamava zio per amor della roba, ed ora gli toccava anche mostrarsi amabile con lei che gli rubava il fatto suo, diceva alla zia, ogni manciata di confetti che abbrancava:

- Avessi saputo la bella zia che mi toccava!... Vorrei pigliarmi gli anni e i malanni di mio zio, stanotte! -

Chiusa la porta, quando tutti se ne furono andati, compare Nanni condusse la sposa a visitare le stanze, il granaio, sin la stalla, e tutto il ben di Dio. Dopo posò il lume sul canterano, accanto al letto, e le disse:

- Ora tu sei la padrona -.

Raffaela, che sapeva dove metter le mani, tanto gliene aveva parlato sua madre, chiuse gli ori nel cassetto, la veste di lana e seta nell'armadio; legò le chiavi in mazzo, così in sottanina com'era, e le ficcò sotto il guanciale. Suo marito approvò con un cenno del capo, e conchiuse:

- Brava! Così mi piaci! -

Tutto andava pel suo verso. Nanni Volpe badava alla campagna, duro come la terra, e sua moglie poi gli faceva trovare la camicia di bucato bella e pronta sul letto, quando tornava il sabato sera, la minestra sul tagliere, il pane a lievitare per l'altra settimana. Teneva conto della roba che il marito mandava a casa: tanti tumoli di grano, tanti quintali di sommacco, tutto segnato nelle taglie, appese in mazzo a pié del crocifisso; buona massaia e col timor di Dio, a messa col marito la domenica e le feste, confessarsi due volte al mese, e il resto del tempo poi tutta per la casa, sino a far la predica al marito, se Carmine, il nipote povero, veniva a ronzargli intorno.

- Non gli date nulla, a quel disutilaccio, o se no, non ve lo levate più di dosso. A lasciarli fare, i vostri parenti, vi mangerebbero vivo -.

E compare Nanni si fregava le mani, e rispondeva:

- Brava! Così mi piaci! -

Carmine alla fine aveva odorato da che parte soffiasse il vento, e s'era attaccato alla gonnella della zia per strapparle di mano qualche misura di fave, o qualche fascio di sarmenti, nell'inverno rigido che spaccava le pietre.

- Che ci avete un sasso lì nel cuore, per lasciar morire di fame il sangue vostro? Con tanto ben di Dio che ci avete in casa! Se voi volete, lo zio Nanni non dice di no.

- Io che posso farci? Lo sai che è lui il padrone -.

Poi un'altra volta:

- Almeno aveste dei figliuoli, pazienza! Ma cosa volete farne di tutta quella roba, quando sarete morti, marito e moglie?

- Se non abbiamo figliuoli, vuol dire che non c'è la volontà di Dio -.

Il giovinastro allora si grattava il capo, guardando la zia cogli occhi di gatto. Un giorno, per toccarle il cuore, arrivò a dirle:

- Così bella e giovane come siete, è un vero peccato che non ci sia la volontà di Dio!

- O a te che te ne importa? -

Carmine ci pensò su un momento, e poi rispose, fregandosi le mani:

- Vorrei essere nella camicia dello zio Nanni, e vi farei vedere se me ne importa!

- Zitto, scomunicato! O lo dico a tuo zio, i discorsi che vieni a farmi, sai!

- Me lo date dunque cotesto fiasco di vino?

- Sì, per levarmiti dai piedi. Non dir nulla a compare Nanni però -.

Carmine, finalmente, trovato ora il tasto che bisognava toccare, quando aveva bisogno di qualcosa, tornava a dire alla zia:

- Siete bella come il sole. Siete grassa come una quaglia. Il Signore non fa le cose bene, a dare il biscotto a chi non ha più denti -.

La zia Raffaela si faceva rossa dalla bile, lo sgridava come un ragazzaccio che era, e perché gli si levasse dinanzi gli metteva in mano qualche cosuccia. Una volta gli lasciò andare anche un ceffone.

- Fate, fate, - disse Carmine, - ché dalle vostre mani ogni cosa mi è dolce.

- Non venirci più qui! Non mi far peccare a causa tua! Ogni volta, poi, mi tocca dirlo al confessore.

- Che male c'è? Son vostro nipote, sangue vostro.

- No, no, non voglio. La gente parlerebbe, vedendoti sempre qui. Poi, no, non voglio!

- Io ci vengo soltanto per vedervi. Non vi domando più nulla, ecco. Mi avete affatturato; è colpa mia? -

Un giorno, durante la raccolta, mentre Carmine aiutava a scaricare l'orzo nel granaio - Raffaela, che faceva lume, tutta rossa e in camiciuola anche lei - lo scellerato l'afferrò a un tratto pei capelli, come una vera bestia che era, e non volle lasciarla più, per quanto essa gli martellasse gli stinchi cogli zoccoli e gli piantasse le unghie in faccia.

- Per la santa giornata ch'è oggi!... - sbuffava Carmine col fiato grosso. - Stavolta non vi lascio, no! -

Raffaela, tutta scomposta, torva, col seno ansante che le rompeva la camiciuola, andava brancicando per trovare la lucerna caduta a terra, e balbettava, colle labbra ancora umide:

- M'hai fatto spandere dell'olio! Accadrà qualche disgrazia! -

Nanni Volpe, nel rompere il maggese, alle prime acque, aveva acchiappata una perniciosa. - La terra che se lo mangiava finalmente - e il medico e lo speziale pure. Raffaela, poveretta, si sarebbe meritata una statua, in quella circostanza. Tutto il giorno in faccende col nipote, a far cuocere decotti e preparar le medicine pel malato. Lui rimminchionito in fondo a un letto, pensando sempre ai denari che volavano via, e ai suoi interessi ch'erano in mano di questo e di quello - gli uomini che mangiavano e bevevano alle sue spalle e se ne stavano intanto nell'aia senza far nulla, ora che mancava l'occhio del padrone - il curatolo che gli rubava certo una pezza di formaggio ogni due giorni - la porta del magazzino che ci voleva la serratura nuova, tanto che il camparo doveva averci pratica colla vecchia. - La notte non sognava altro che ladri e ruberie, e si svegliava di soprassalto, col sudore della morte addosso. Una volta gli parve anche di udir rumore nella stanza accanto, e saltò dal letto in camicia, collo schioppo in mano. C'erano davvero due piedi che uscivano fuori, di sotto il tavolone, e Raffaela in sottanino che s'affannava a buttarvi roba addosso:

- Al ladro, al ladro! - si mise a gridare Nanni Volpe, frugando sotto la tavola colla canna dello schioppo.

- Non mi uccidete, ché sono sangue vostro! - balbettò Carmine rizzandosi in piedi, pallido come la camicia, e Raffaela, facendosi il segno della croce, brontolava:

- L'avevo ben detto, che l'olio per terra porta disgrazia! -

Poscia, spinto fuori dell'uscio Carmine più morto che vivo, e ancora mezzo svestito, Raffaela si mise attorno al suo marito, coi beveroni, col vino medicato, per farlo rimettere dallo spavento, scaldandogli i piedi col fiasco d'acqua calda, rincalzandogli nella schiena la coperta; - Lei non sapeva, in coscienza, come si fosse ficcato lì quel ragazzaccio. Gli aveva detto, è vero, in prima sera, di aiutarla a cavar fuori il bucato; ma credeva che a quell'ora se ne fosse già andato da un pezzo.

Nanni, rammollito dal letto e dalla malattia, lasciava dire e lasciava fare. Però, testa fina di villano, col naso sotto il lenzuolo, pensava ai casi suoi e al modo di levare i piedi da quel pantano, senza lasciarci le scarpe.

- Senti, - disse alla moglie appena giorno. - Ho pensato di far testamento.

- Che malaugurio vi viene in mente adesso?

- No, no, figliuola mia. Ho i piedi nella fossa. Mi son logorata la pelle per far la roba, e voglio aggiustare i conti prima di lasciar la fattoria.

- Almeno si può sapere che intenzioni avete?

- Quanto a questo sta' tranquilla. Sai come dice il proverbio? "L'anima a chi va e la roba a chi tocca".

- Dio vi terrà conto del bene che mi avete fatto e che mi fate! - rispose Raffaela intenerita. - Mi avete presa nuda e cruda come un'orfanella, e anch'io vi ho rispettato sempre come un padre.

- Sì, sì, lo so, - accennò il marito, e la nappina del berretto che accennava di sì anch'essa. Volle pure confessarsi e comunicarsi, per essere in pace con Dio e cogli uomini, quando il Signore lo chiamava. Mandò a cercare persino suo nipote, e gli disse:

- Bestia, perché sei scappato? Avevi paura di me, che sono il sangue tuo? -

Carmine, come un baccellone, non sapeva che rispondere, dondolandosi or su una gamba e ora sull'altra, col berretto in mano.

- Rimetti il tuo berretto, - conchiuse lo zio Nanni. - Qui sei in casa tua, e puoi venirci quando vuoi. Anzi sarà meglio, per guardarti i tuoi interessi -.

E come l'altro spalancava gli occhi di bue:

- Sì, sì, va' a chiederlo al notaro il testamento che ho fatto, ingrataccio! "L'anima a Dio e la roba a chi tocca" -.

Allora Raffaela saltò su come una furia:

- L'anima la darete al diavolo! Come un ladro che siete! Sì, un ladro! Perché vi ho sposato dunque?

- Questo è un altro affare - rispose Nanni spogliandosi per tornare a letto - un altro affare che non può aggiustarsi, al caso, come un testamento.

- Ohè! - gridò Carmine affrontando la zia, che voleva slanciarsi colle unghie fuori. - Ohè! non toccate mio zio! O vi tiro il collo come una gallina -.

Raffaela uscì di casa inferocita, giurando che andava a citare suo marito dinanzi al giudice per avere il fatto suo, e voleva farlo morir solo e arrabbiato come un cane.

- Non importa! - disse Carmine, il nipote. - Se mi volete, ci resto io a curarvi che sono sangue vostro.

- Bravo! - rispose Nanni. - E ti guarderai i tuoi interessi pure -.

Però Raffaela in casa della mamma fu accolta come un cane che viene a mangiare nella scodella altrui.

- Non hai la tua casa adesso? Non sei già maritata? Che vuoi qui? -

Essa voleva almeno gli alimenti dal marito. Ma Nanni Volpe sapeva il codice meglio di un avvocato.

- L'ho forse cacciata via di casa? - rispose al giudice. - La porta è aperta, se vuol tornare, lei -.

Carmine badava a dirgli che faceva uno sbaglio grosso a mettersi di nuovo la moglie in casa con quell'odio che doveva covar lei, che un giorno o l'altro l'avrebbe avvelenato per levarselo dinanzi.

- No, no, - rispose lo zio col suo risolino d'uomo dabbene. - Il testamento è in favor tuo, e se mi avvelena non ci guadagna nulla. Anzi! - Si grattò il capo a pensare se dovesse dirla, e infine se la tenne per sé, ridendo cheto cheto.

Infine Raffaela tornò a casa sottomessa come una pecora. L'accompagnò la mamma Sènzia e gli altri parenti. - Nulla nulla. Son cose che succedono fra marito e moglie; ma ora la pace è fatta, e vedrete come vostra moglie si ripiglia il cuore che gli avete dato, compare Nanni.

- Io non gliel'ho tolto, - rispose Nanni Volpe. - E non voglio toglierle nulla, se lo merita -.

Raffaela per meritarselo si fece buona ed amorevole che non pareva vero, sempre intorno al marito, a curarlo, a prevenire ogni suo desiderio e ogni malanno. Il vecchio le diceva:

- Fai bene, fai bene. Perché se mi accade una disgrazia prima che io abbia avuto il tempo di rifare il testamento, è peggio per te -.

E si lasciava cullare e lisciare, e mettere nel cotone, e ci stava come un papa.

- Un giorno o l'altro, - tornava a dire, - se il Signore mi dà tempo, voglio rifare il testamento. Ho lavorato tutta la vita; ho fatto suola di scarpe della mia pelle; ma ora ho il benservito. Tutto sta ad avere il giudizio per procurarsi il benservito -.

Il solo fastidio che gli fosse rimasto, in quella beatitudine, erano le liti continue fra Carmine e la zia. Strilli e botte da orbi tutto il giorno, e non poteva neppure alzarsi per chetarli.

Alle volte Raffaela compariva tutta arruffata, sputando fiele, col sangue che le colava giù dal naso, mostrando gli sgraffi e le lividure:

- Guardate cosa m'ha fatto, quell'assassino!

- Ehi, ehi, Carmine, cosa le hai fatto a tua zia, birbante?

- Perché non lo cacciate via a pedate quel fannullone?

- Eh, eh, bisogna averci un uomo in casa, ora che sono inchiodato al letto.

- Vedrete! vedrete! Un giorno o l'altro vi fa fare la morte del topo, per non lasciarvi il tempo di rifare il testamento. Vi dà il tossico, com'è vero Dio!

- O tu che ci stai a fare allora, se non mi guardi la pelle e i tuoi interessi? -

Sempre quell'affare del testamento, che Carmine n'era contento, così come gli aveva detto lo zio, e la moglie no; e Nanni Volpe fra i due non trovava modo di rifarlo, diceva ogni volta che si sentiva peggio; sicché Raffaela, al veder che se ne andava di giorno in giorno, ormai tutto una cosa gialla col berretto di cotone, si mangiava il fegato dalla bile, e si sentiva male anche lei, tanto che infine glielo disse chiaro e tondo in faccia a Carmine stesso, il quale stava imboccando lo zio col cucchiaio in una mano e reggendogli il capo coll'altra.

- Fate bene a tenervi così caro il sangue vostro, perché non sapete il bel servizio che v'ha reso vostro nipote! -

Carmine voleva romperle sul muso la scodella e il candeliere; ma il vecchio, agitando due o tre volte adagio adagio il fiocco del berretto, disse:

- Sì, sì, lo so -.

Così se ne andò all'altro mondo, pian pianino e servito come un principe. Quando Carmine volle cacciar via a pedate Raffaela dalla casa, che oramai doveva esser di lui solo, fece aprire il testamento, e si vide allora quant'era stato furbo Nanni Volpe, che aveva canzonato lui, la moglie e anche Cristo in paradiso. La roba andava tutta all'ospedale, e zia e nipote s'accapigliarono per bene, stavolta, dinanzi al notaro.

QUELLI DEL COLÈRA

Il colèra mieteva la povera gente colla falce, a Regalbuto, a Leonforte, a San Filippo, a Centuripe, per tutto il contado - e anche dei ricchi: il parroco di Canzirrò, ch'era scappato ai primi casi, e veniva soltanto in paese per dir messa a sole alto, l'aveva pigliato nell'ostia consacrata: a don Pepè, il mercante di bestiame, gliel'aveva dato invece in una presa di tabacco, alla fiera di Muglia, un sensale forestiero - per conchiudere il negozio - diceva lui. Cose da far rizzare i capelli in testa! Avvelenata persino la fontana delle Quattro Vie; bestie e cristiani vi restavano, là! a Rosegabella, venti case, un bel giorno era capitato il merciaiuolo, di quelli che vanno in giro colle scarabattole in spalla, e quanti misero il naso fuori per vedere, tanti ne morirono, fin le galline. Ciascuno badava quindi ai casi propri, collo schioppo in mano, appiattato dietro l'uscio, accanto la siepe, bocconi nel fossatello, per le fattorie, nei casolari, da per tutto. Quelli di San Marino s'erano anche armati, uomini e donne. Volevano morir piuttosto di una schioppettata, o d'altra morte che manda Dio. Ma il colèra, no, non lo volevano!

Nonostante, lo scomunicato male andavasi avvicinando di giorno in giorno, tale e quale come una creatura col giudizio, che faccia le sue tappe di viaggio, senza badare a guardie e a fucilate. Oggi scoppiava a Catenavecchia, il giorno dopo si sentiva dire che era alla Broma, cinque miglia soltanto da San Marino. Una povera donna gravida di sei mesi, per aver aiutato certa vecchia che l'era caduto l'asino dinanzi alla sua porta, e fingeva di piangere e disperarsi, era stata presa da dolori quasi subito, ed era morta, lei e il bambino: sangue d'innocente che grida vendetta dinanzi a Dio!

La sera, da quelle parti, chi aveva il coraggio di arrischiarsi sino in cima alla salita, vedeva dietro la china che nasconde il paesetto i fuochi e i razzi avvelenati che sembravano quelli della festa del santo patrono, tutti col capitombolo verso San Martino, e il domani poi si trovavano le macchie d'unto per terra e lungo i muri; qua e là si sussurrava dei rumori strani che si udivano la notte: gatti che miagolavano come in gennaio, tegole smosse quasi tirasse il maestrale, gente che aveva udito bussare all'uscio dopo la mezzanotte - nientemeno - e dei carri che passavano per le stradicciuole più remote, come delle macchine asmatiche che andavano strascinandosi di porta in porta, soffiando e sbuffando, il Signore ce ne scampi e liberi!

Il venerdì, verso mezzogiorno, Agostino, quello delle lettere, era tornato dal rilievo della Posta colla borsa vuota e tutto stravolto. Sua moglie, poveretta, al vederlo con quel viso, si cacciò le mani nei capelli: - Che avete fatto, scellerato? Dove l'avete preso tutto quel male in un momento? - Egli non sapeva dirlo. Laggiù, arrivato al ponte, s'era sentito stanco tutt'a un tratto, e s'era seduto un momento sul parapetto. Prima di lui c'era seduto un viandante, il quale si asciugava il sudore con un fazzoletto turchino. - Don Domenico, il fattore, l'aveva predicato tante e tante volte, di badare sopra tutto a certe facce nuove che andavano intorno, per le vie, e nelle chiese perfino! (Potevate sospettarlo, nella casa di Dio?) Cavavano fuori il fazzoletto, finta di soffiarsi il naso, e lasciavano cadere certe polverine invisibili, che chi ci metteva il piede sopra poi, per sua disgrazia, era fatta!

Il giorno stesso, a precipizio, chi aveva qualche cosa da portar via, e un buco dove andare a rintanarsi, in una grotta, fra le macchie dei fichidindia, nelle capannucce delle vigne, era fuggito dal villaggio. Avanti il somarello, con quel po' di grano o di fave, il cesto delle galline, il maiale dietro, e poi tutta la famiglia, carica di roba. Quelli che erano rimasti, i più poveri, da principio avevano fatto il diavolo, minacciando di sfondar le porte chiuse, e bruciare le case dei fuggiaschi; poscia erano corsi a tirar fuori dal magazzino tutti i santi del paese, come quando si aspetta la pioggia o il bel tempo, l'Addolorata, coi sette pugnali di stagno, san Gregorio Magno, tutto una spuma d'oro, san Rocco miracoloso che mostrava col dito il segno della peste, sul ginocchio. All'ora della benedizione, nel crepuscolo, quelle statue ritte in cima all'altare buio, facevano arricciare i peli ai più induriti peccatori. Si videro delle cose allora da far piangere di tenerezza gli stessi sassi: Vito Sgarra che si divise dalla Sorda, colla quale viveva in peccato mortale da dieci anni; padre Giuseppe Maria a far la croce sul debito degli inquilini che proprio non potevano pagarlo; Angelo il Ciaramidaro andare a messa e a comunione come un santo, senza che gli sbirri gli dessero noia, e la notte dormire tranquillo nel suo letto, colla disciplina irta di chiodi e insanguinata al capezzale, accanto allo schioppo carico che ne aveva fatte tante. Misteri della Grazia! come diceva il predicatore. Tutta la notte, in fondo alla piazzetta, si vedeva la finestra della chiesa illuminata che vegliava sul villaggio, e di tratto in tratto udivasi martellare la campana, alla quale rispondeva da lontano una schioppettata, poi un'altra, poi un'altra - una fucilata che non finiva più, pazza di terrore, e si propagava per le fattorie, pei casolari, per le ville, per tutta la campagna circostante, dove i cani uggiolavano, sino all'alba.

La domenica mattina, spuntava appena l'alba, si vide una cosa nuova nel Prato della Fiera, appena fuori del villaggio. Era come una casa di legno, su quattro ruote, con certe figuracce brutte dipinte sopra, e lì vicino un vecchio carponi, che andava cogliendo erbe selvatiche. I cani avevano dato l'allarme tutta la notte, e quello del maniscalco, che stava da quelle parti, non s'era dato pace, quasi avesse il giudizio!

- Eccolo lì, povera bestia! gli manca solo la parola! -

Il maniscalco raccontava a tutti la stessa cosa, via via che andavasi facendo gente dinanzi alla bottega. La gente guardava il cane, guardava la baracca, e scrollava il capo.

Dirimpetto, sugli scalini della croce in campo alla strada, c'erano altri in crocchio che guardavano, e parlavano sottovoce fra di loro, col viso scuro. Dal muro del cimitero spuntava lo schioppo di Scaricalasino, malarnese, che accennava a tre o quattro altri suoi compagni della stessa risma, lontan lontano, verso la Broma, e poi verso Catenanuova, con gran gesti neri al sole. Dal ballatoio della gnà Giovanna suo marito chiamava gente anche lui, in fondo alla piazza, agitando le braccia in aria. - Quello! Quello! - gridavasi da un crocchio all'altro. E il vecchio carponi era corso a rintanarsi. Sul finestrino del carrozzone era passata una figura scarna di donna, coi capelli scarmigliati; poi s'erano uditi strilli di ragazzi e pianti soffocati. Dalla strada principale giungevano il farmacista, il Capo Urbano, le guardie, col giglio sul berretto e grossi randelli in mano. La folla dietro, come un torrente, mormorando, uomini torvi, donne col lattante al petto. Da lontano, verso San Rocco, la campana sonava sempre a distesa. Don Ramondo, colle mani e colla voce andava dicendo alla folla: - Largo, largo, signori miei! Lasciatemi vedere di che si tratta -. Poi sgusciarono dentro il baraccone tutti e due, lui e il Capo Urbano; le guardie sbatterono l'uscio sul naso ai più riottosi. Ci fu un po' di parapiglia, un po' di schiamazzo, qualche pugno sulla faccia. Infine il farmacista e il Capo Urbano ricomparvero vociando tutti e due che non era nulla, il Capo Urbano sventolando un foglio di carta in aria, don Ramondo sgolandosi a ripetere: - Niente! Niente! Son poveri commedianti che vanno intorno per buscarsi il pane. Poveri diavoli morti di fame -.

La folla nonostante li seguiva mormorando e accavallandosi come un mare. Sulla piazza il Capo Urbano fece anche lui il suo discorsetto: - Via! via! State tranquilli. Sono o non sono il Capo Urbano? - Poi infilò l'uscio della farmacia con don Ramondo. La folla cominciò a diradarsi. Alcuni andarono a casa, a contar la notizia; altri, siccome il sagrestano si slogava sempre a sonare a messa, entrarono in chiesa. Qualcheduno, più ostinato, ritornò verso il Prato della Fiera. Quei poveri diavoli di comici, che si tiravano dietro la loro casa al par della lumaca, passato il temporale, tornarono a metter fuori le corna ad uno ad uno, appunto come fa la lumaca. Il vecchio aveva sciorinato all'uscio un gran cartellone dipinto. La moglie, con un tamburo al collo, chiamava gente; i ragazzi, camuffati da pagliacci, facevano mille buffonerie, e la giovinetta, colle gambe magre nella maglie color di carne fresca, un fiore di carta nei capelli, il gonnellino più gonfio di una bolla di sapone, le braccia e le spalle nere fuori dal corpetto di seta stinta, soffiava nella tromba, col poco fiato del suo petto scarno. Pure era una novità pel paese, e i giovinastri correvano a vedere, spingendosi col gomito. Inoltre i comici avevano altri richiami per il pubblico: un cardellino che dava i numeri del lotto; il ronzino che contava le ore, e indovinava gli anni degli spettatori colla zampa; un ragazzo che camminava sulle mani, portando in giro, stretto fra i denti, il piattello per raccogliere la buona grazia. Quando si era fatta un po' di gente, calavano il tendone un'altra volta, e rientravano tutti a rappresentare la commedia coi burattini, la donna col tamburone al collo, gridando sempre dalla piattaforma: - Avanti, signori! Avanti, che comincia! - Si pigliava alla porta quel che si poteva: un baiocco, delle fave, qualche manciata di ceci anche. I ragazzi gratis. Fino alla sera, tardi, ci fu ressa dinanzi alla baracca, sotto il gran lampione rosso che chiamava gente da lontano. Amici e conoscenti si vociavano da un capo all'altro del Prato della Fiera; si scambiavano i frizzi salati e le parolacce come dentro avevano fatto Pulcinella e la Colombina. Nessuno pensava più al castigo di Dio che avevano addosso.

Ma la notte - ci volevano più di due ore alla messa dell'alba - tac tac, vennero a chiamare in fretta lo speziale. - Presto, alzatevi, don Ramondo, ché dai Zanghi hanno bisogno di voi! - Il poveraccio non riusciva a trovare i calzoni al buio, in quella confusione. Zanghi, steso sul letto, freddo, colla barba arruffata, andava acchiappando mosche, colle mani fuori del lenzuolo, le mani nere, gli occhi in fondo a due buchi della testa. Sua moglie seminuda, coi capelli sulle spalle, tutta gonfia e arruffata anche lei come una gallina ammalata, correva per la stanza, cercando di aiutarlo senza saper come, coi figliuoli che le strillavano dietro. - Dottore! dottore! Cos'è? che ve ne pare? - Don Ramondo non diceva nulla: guardava, tastava, versava la medicina nel cucchiaio, colle mani tremanti, la boccetta che urtava ogni momento nel cucchiaio, e faceva trasalire al tintinnìo. E il malato pure, colla voce cavernosa, che sembrava venire dal mondo di là, balbettando: - Don Ramondo! Don Ramondo! Che non ci sia più aiuto per me? fatelo per questi innocenti, ché son padre di famiglia! - Poi, come s'irrigidì, colla barba in aria, e i figliuoli si misero ad urlare più forte, aggrappandosi alle coperte di lui che non udiva, don Ramondo prese il suo cappello, e la donna gli corse dietro in sottana com'era, colle mani nei capelli, gridando aiuto per tutto il vicinato. Spuntava l'alba serena nel cielo color di madreperla; alla chiesa, lassù, si udiva sonare la prima messa.

Per le stradicciuole ancora buie si udiva uno sbatter d'usci, un insolito va e vieni, un mormorio crescente. Sull'angolo della piazza, nel caffè di Agostino il portalettere buon'anima, avevano dimenticato il lume acceso, nella bottega vuota, i bicchieri ancora capovolti nel vassoio, e dinanzi all'uscio c'era un crocchio di gente che discuteva colla faccia accesa. Neli, il maggiore dei figliuoli, sporgeva il capo di tanto in tanto fra le tendine dello scaffale, più pallido del suo berretto da notte, cogli occhi gonfi, per vedere se qualcuno venisse a prendere il rum o l'acquavite. E a tutti coloro che l'interrogavano dall'uscio, senza osare di entrare, rispondeva quasi sempre scrollando il capo: - Così! Sempre la stessa! - Poi si vide uscire dalla parte del vicoletto la ragazzina che andava correndo dal sagrestano per le candele benedette.

Ogni momento giungeva qualcheduno che veniva dalla casa di Zanghi, e aveva visto dall'uscio spalancato il letto in fondo alla camera, col lenzuolo disteso, le candele accese al capezzale e i figliuoli che piangevano. Altri portavano altre brutte notizie. - Il Capo Urbano che stava imballando le materasse; il farmacista che tardava ad aprire la bottega. La folla cominciava ad ammutinarsi a misura che cresceva. - Cristiani del mondo! Che ci vogliono far morire davvero come bestie nella tana! -

Uno, colla faccia stralunata, raccontava come Zanghi avesse acchiappato il male, nella baracca dei commedianti. L'aveva visto lui, coi suoi occhi, il vecchio che lo tirava per la falda del vestito perché gli pareva che volesse passare a scappellotto. - Anche comare Barbara! che pur non si era mossa di casa! - E quell'infame Capo Urbano che andava dicendo: - Non è nulla, non è nulla -, e mostrava la carta bianca! Quella era la carta del Sotto Intendente che ordinava di lasciar spargere il colèra! Ah! volevano proprio farli morire come bestie nella tana, cristiani di Dio!

Tutt'a un tratto si udirono dietro lo scaffale delle grida: - Mamma! mamma! - e delle grida di dolore disperate. Neli irruppe nella bottega urlando come una bestia feroce, coi pugni sugli occhi. Un parente corse lesto lesto a chiudere gli scaffali, per tutta quella gente che s'affollava nella bottega e nessuno poteva tenerla d'occhio.

Allora la folla, quasi fosse corsa una parola d'ordine, si mosse tutta come una fiumana, gridando e minacciando. Un'anima buona si mise le gambe in spalla, e corse per le scorciatoie dal Capo Urbano, a dirgli che scappasse. Ma il poveraccio, da un bel pezzo, fiutando come si mettevano le cose, aveva infilato l'usciolo dell'orto, carponi fra le viti, e preso il volo pei campi.

Quelli del baraccone stavano facendo cuocere quattro fave, a ridosso del muricciuolo, seduti sulle calcagna, per covar la pentola cogli occhi, tutta la famiglia. A un tratto udirono gridare: - Dàlli! dàlli! - e videro la folla inferocita che correva per sbranarli. - Signori miei! siamo poveri diavoli, poveri commedianti che andiamo intorno per buscarci il pane! - Il vecchio annaspava colle mani, per fare intendere le sue ragioni; la donna copriva i figlioletti colle ali, come una chioccia; la giovinetta colle braccia in aria. Arrivò una prima sassata, che fece colare il sangue. Poi un parapiglia, la gente in mucchio accapigliandosi, gli strilli delle vittime, che si udivano più forte. - No! no! non li ammazzate ancora! Vediamo prima se sono innocenti! vediamo prima se portano il colèra! - C'erano pure delle anime buone in quella ressa. - Ma gli altri non volevano intender ragioni: Neli di comare Barbara, che gli sanguinava il cuore dall'angoscia, Scaricalasino che aveva visto coi suoi occhi Zanghi stecchito sotto il lenzuolo, massaro Lio che si sentiva già i dolori di ventre addosso. In un attimo la baracca fu tutta sottosopra: i burattini, gli scenari, i cenci, la poca paglia fradicia dei sacconi. Poi, dopo che non ebbero più dove frugare, fecero un mucchio d'ogni cosa, e vi appiccarono il fuoco. - Bravo! E adesso come farete a scoprire se portavano il colèra? - gridarono alcuni. Ma il povero capocomico non sentiva e non badava più a nulla, né le grida di morte, né le falci, né le scuri; pallido e stravolto, col sangue giù per la faccia, i capelli irti, gli occhi fuori della testa, voleva buttarsi sul fuoco per spegnerlo colle sue mani, urlando che lo rovinavano, che gli toglievano il suo pane, strappandosi i capelli dalla disperazione, in mezzo alla famigliuola tutta pesta e malconcia, scampata per miracolo alla strage. - Meglio, meglio che ci avessero uccisi tutti! - Neppure il colèra li aveva voluti, da per tutto dove l'avevano incontrato, stanchi ed affamati.

Ancora, dopo cinquant'anni, Scaricalasino, il quale è diventato un uomo di giudizio, dice a chi vuol dargli retta, che il colèra ci doveva essere, nel baraccone. Peccato che lo bruciarono! Quelli erano bricconi che andavano attorno così travestiti per non dar nell'occhio, e buscavano centinaia d'onze a quel mestiere.

Dove avevano saputo far le cose bene era stato a Miraglia, un paesetto mangiato dal colèra e dalla fame, il giorno in cui s'erano viste lì pure certe facce nuove per la via dove da un mese non passava un cane, e la povera gente, senza pane e senza lavoro, aspettava il colèra colle mani in mano. Anche costoro mostravano di essere dei viandanti rifiniti dal lungo viaggio, come una famigliuola di zingari: l'uomo che si dava per calderaio, la moglie che diceva la buona ventura, la figlia, una bella bruna, la quale doveva averne fatte molte, così giovane com'era, e portava attaccato al petto cascante un bambino affamato e macilento. Dei suoi diciotto anni non le erano rimasti che due grandi occhi neri, degli occhi scomunicati che vi mangiavano vivo. Anch'essi si portavano dietro tutta la loro casa in un carretto sconquassato, coperto da una tenda a brandelli, che veniva avanti traballando, tirato da un somarello sfinito. Siccome la popolazione si era commossa al loro apparire, e minacciava, il sindaco accorse anche qui colle guardie, armate sino ai denti, gridando da lontano: - Via! via! - come si fa ai lupi. Loro a ripeter la commedia che venivano da lontano, che li avevano scacciati da ogni dove, che erano affamati, e preferivano li uccidessero a schioppettate.

Allora, per non saper che fare, temendo di accostarsi per paura del colèra, li lasciarono lì, fuori del paese, guardati a vista come bestie pericolose. Nessuno chiuse occhio, quella notte, la vigilia di San Giovanni, che c'era un chiaro di luna come di giorno. Tutt'a un tratto, coloro che stavano a guardia, nascosti dietro il muro, videro lo zingaro che s'era avventurato carponi sino alle prime case, razzolando in un mondezzaio. Colà l'uccisero di una schioppettata, senza dirgli neppure: - guàrdati! - Dopo gli trovarono un torsolo di cavolo che ci aveva ancora in pugno, e il petto della camicia tutto gonfio di bucce e frutta marcia. Al rumore, alle grida che si udivano da lontano, tutto il paese fu in piedi subito, e la caccia incominciò. La vecchia fu raggiunta all'argine del fossatello, barcollando sulle gambe stecchite. La giovane dinanzi al carretto, che voleva difendere la sua creatura, come succede anche alle bestie, con certi occhi che facevano paura, e cercava di afferrare le scuri per aria, colle mani insanguinate. Dopo, frugando fra i cenci della carretta, si disse che avevano scovato le pillole del colèra e ogni cosa. Ma quegli occhi più d'uno non poté dimenticarli. E ancora, dopo cinquant'anni, Vito Sgarra, che aveva menato il primo colpo, vede in sogno quelle mani nere e sanguinose che brancicano nel buio.

Però, se erano davvero innocenti, perché la vecchia, che diceva la buona ventura, non aveva previsto come andava a finire?

LACRYMAE RERUM

Alla finestra dirimpetto, si vedeva sempre il lume che vegliava, la notte - le lunghe notti piovose d'inverno, e quando la luna di marzo, ancora fredda, imbiancava la facciata della casa silenziosa. La stanza era gialla, con una meschina tenda di velo appesa alla finestra. A volte vi apparivano dietro delle ombre nere, che si dileguavano rapidamente.

Ogni sera, alla stessa ora, si vedeva passare un lume di stanza in stanza, sino alla camera gialla, dove la luce si avvivava intorno a un letto bianco circondato dalle stesse ombre premurose. Indi la casa tornava scura e sembrava deserta, nel gran silenzio della via. Solamente, allorché vi saliva lo schiamazzo notturno di un ubbriaco, o il passaggio di una carrozza faceva tremare i vetri nelle finestre, una di quelle ombre tacite e dolorose si affacciava a spiare nella via, e poi si dileguava.

Di giorno tutte quelle finestre chiuse sembravano quasi misteriose. Al balcone della camera gialla c'era un vaso di garofani che morivano di incuria, spioventi sul muro umidiccio, agitati dal vento perennemente. Verso il tramonto si fermava dinanzi alla porta un legnetto, che dei visi pallidi stavano ad attendere ansiosamente dietro i vetri; s'intravedeva un affaccendarsi per le stanze, e il lume che si accendeva anche di giorno nella camera solitaria. L'ultima visita che fece il legnetto nella stradicciuola solitaria fu più breve delle altre. Un vecchio dai capelli bianchi, col piede sul montatoio, scrollava pietosamente il capo, rispondendo a una giovinetta che le era scesa dietro supplichevole sino alla porta, colle mani giunte e il viso disfatto; anch'essa diceva di sì col capo, macchinalmente, cogli occhi sbarrati e quasi pazzi in quelli del vecchio. Poi quando egli fu partito, si celò il viso nel fazzoletto e rientrò nell'andito.

Era una sera di primavera, tepida e dolce. Dalla strada saliva la canzone nuova, e il chicchierìo delle ragazze innamorate, nel plenilunio d'aprile. Al primo piano della casa, dietro una ricca tenda di broccato, si udiva sonare il valzer di Madama Angot.

Più tardi, per la via deserta si udì una squilla, lo scalpiccìo e il borbottare dei fedeli che accompagnavano il viatico; s'affacciarono i vicini, alcuni ginocchioni, col lume in mano, e la folla s'ingolfò sotto la porta spalancata a due battenti, fra due file di lanterne che andavano balzelloni.

Tutte le finestre del quartierino desolato si illuminarono per la prima volta, dopo tanto tempo, per l'ultima solennità, mentre la folla degli estranei ingombrava la casa, con un luccichìo tremolante di ceri, nella camera gialla. E dopo che tutti quanti furono partiti, la casa rimase sempre illuminata e deserta, quasi per una lugubre festa. Vi si vedeva solo di tanto in tanto il passaggio delle solite ombre che correvano all'impazzata, in un affaccendarsi disperato.

Nel silenzio alto dell'ora tarda, dietro quei vetri lucenti sulla facciata bianca di luna, sembravano correre delle invocazioni deliranti, dei singhiozzi soffocati, delle braccia supplichevoli stese verso il cielo sereno. Un usignolo si mise a cantare all'improvviso da un terrazzino tutto verde di pianticelle odorose, nel silenzio della luna alta, dimenticando forse in quell'ora la sua prigione, pei cespugli del bosco nativo. Di quarto d'ora in quarto d'ora l'orologio squillava lentamente, dall'alto della torre.

La quiete greve della notte cadeva lenta anche su quella casa desolata. Il lume vegliava sempre tristamente nella camera silenziosa. Solo le ombre desolate si agitavano più frettolose e più smarrite, e nell'angolo dove ogni sera si ravvivavano i lumi, luccicavano adesso due fiammelle funebri. Verso la mezzanotte si era udito bussare alla porta, e per le stanze si era notato un via vai. Poi tutto si era raccolto in quell'attesa sconfortata. La luna ora lambiva il pavimento, mentre i lumi si spegnevano. La brina sgocciolava ghiacciata sui vetri. A un tratto, in quella semioscurità, nacque un correre affannato, un affaccendarsi di gente smarrita, colle mani nei capelli, uno sbattere d'usci. Poi la camera gialla si illuminò vivamente sulla facciata di tutta la casa nera.

L'alba imbiancava pallida e piovigginosa; allora si vide per la prima volta, dopo tanto tempo, la finestra della camera gialla spalancata, e le due candele che ardevano immobili al capezzale del letto bianco. Più tardi vennero degli estranei che andavano e venivano per la stanza, indifferenti, col cappello in capo. Uno che fumava un sigaro alla finestra, si chinò a fiutare il garofano rugginoso che penzolava; aveva una faccia pallida da malato o da prigioniero, colle gote azzurrognole di una folta barba accuratamente rasa.

Di poi quella finestra rimase chiusa e buia la notte; e le altre accanto si aprirono ogni mattina a lasciare entrare l'estate che veniva. E la sera perfino vi si affacciavano timidamente delle giovanette vestite di nero, che ascoltavano in silenzio la canzone nuova, il suono del pianoforte di sotto, e il chiacchiericcio dei vicini.

Una mattina di settembre si videro tutte le finestre spalancate, e le stanze vuote, anche quella gialla, che si era spogliata delle meschine tende bianche, e mostrava una gran macchia di un giallo più carico al posto del letto che non c'era più. Quelle povere masserizie erano sgomberate silenziosamente nella notte, coll'umile famigliuola timida. Una vecchia serva venne a pigliare il vaso di garofani, mentre il padrone di casa andava guardando per ogni dove coi muratori, gridando e bestemmiando. Egli additava le macchie della vecchia tappezzeria gialla, e i mattoni rotti del pavimento, sputando pel disgusto su quei guasti: tanto che la vecchierella se ne andò a capo chino, portandosi sotto lo scialle il vaso di garofani come una reliquia.

I muratori si misero a scrostare e martellare da per tutto. E da mattina a sera udivasi la sega del falegname che strideva. Nell'ultima camera avevano alzato un gran ponte, e attraverso quei trespoli si vedevano pendere i brandelli della carta gialla. Dopo vennero pittori tappezzieri, e le persone ch'erano sloggiate un mese prima non avrebbero ritrovato più le memorie delle loro ore d'angoscia in quelle stanze tappezzate di nuovo e ridenti. Il lume vegliava un'altra volta sino a notte tarda nell'antica camera gialla, dietro le tende di trina foderate di seta celeste; ma le due ombre che si vedevano sempre accanto, cercandosi, correndosi dietro, si confondevano con molli ondulazioni, si univano in una sola; e la mattina si vedeva pure qualche volta una testolina bionda e rosea, che sollevava la tendina allato a una testa bruna e sorridente. Nella sala attigua, sotto un grande specchio dorato che rifletteva la luce di una lumiera velata da un paralume color di rosa, si udivano alle volte le note allegre di un pianoforte, nello scrosciare della pioggia notturna. Quando giunse la primavera, e l'usignolo tornò a cantare fra il verde del terrazzino, e le ragazze al lume di luna, i due innamorati presero il volo come due farfalle, e non si videro più. Al settembre la casa mutò d'aspetto, e nella camera azzurra venne a stare un gran letto matrimoniale, che tutte le mattine prendeva aria onestamente dalla finestra spalancata. La casa risonò da mattina a sera del gridìo dei bimbi, e degli strilli del neonato che la mamma allattava a piè del letto. Il marito tornava la sera stanco, colla faccia disfatta, e litigava tutto il tempo colla moglie e coi figliuoli. Poi rimaneva a scartabellare dei conti sulla tavola sparecchiata, sino ad ora tarda, colla fronte fra le mani, sotto il lume che agonizzava. La mattina usciva a buon'ora col passo frettoloso. Di tanto in tanto si udiva una scampanellata furiosa in anticamera, e la madre correva a chiudersi in camera, facendo segno al suo ragazzo di dire che non c'era, coll'indice sulle labbra. Il bimbo tornava, dopo un lungo ciangottare, a parlar colla mamma, la quale riaffacciava la testa allo sbattere violento della porta che faceva tintinnare il campanello, e l'uomo che se ne era andato così in collera, si fermava in mezzo alla strada, a spiare la finestra chiusa. Alle volte la povera donna era costretta a mostrarsi, per calmare il visitatore che non voleva sentir ragione, giungendo le mani in croce, con gran gesti che volevano esser creduti. Tutte le finestre spalancate lasciavano diffondersi pel vicinato indifferentemente pianti di bimbi e liti di genitori. Un giorno, verso mezzodì, venne un vecchietto col cappello bisunto e un fascio di cartacce in mano, seguìto da due uomini malvestiti, i quali si misero a frugare dappertutto, scrivendo dei fogliacci in fretta. La famigliuola li seguiva di stanza in stanza tristamente. La roba fu portata via, alcuni giorni dopo, e delle poche masserizie rimaste caricarono un carro, e se ne andarono dietro a quello, il padre prima, coll'ombrello sotto il braccio, e la moglie dietro coi bambini in coda e il poppante al collo, senza neppure voltarsi a guardare quelle finestre che rimasero spalancate notte e giorno, per mesi e mesi, come se il padrone avesse voluto farne svaporare il tanfo di miseria che vi era rinchiuso.

Poi vi tornarono dei mobili eleganti, e delle stoffe ricche appese alle finestre. Non vi si udirono più né strilli né schiamazzi; ma un silenzio beato dappertutto; i lumi sembrava s'accendessero da sé, fin nella camera azzurra che aveva una luce velata d'alcova. Non vi si vedeva nessuno; soltanto a notte alta, una testa che faceva capolino timidamente, e guardava nella via, socchiudendo adagio adagio le persiane; e la luce che passava fra le stecche ne indorava i capelli biondi, e si stampava sul muro della casa dirimpetto in strisce lucenti, come un faro. Dopo alcuni minuti un passo frettoloso e guardingo si udiva nella via, l'ombra della testa bionda appariva rapidamente dietro le persiane, e la finestra si chiudeva. Una sera, nell'alto silenzio, squillò all'improvviso una scampanellata minacciosa. Si videro delle ombre correre dietro le tende all'impazzata, e le stanze illuminarsi rapidamente una dopo l'altra. Indi un silenzio d'attesa profondo, nel quale risonarono ad un tratto delle strida di terrore e degli urli di collera.

I vicini corsero alle finestre, col lume in mano. Ma il quartiere era tornato silenzioso, soffocando i dolori o le collere che racchiudeva fra le sue tappezzerie sontuose. Le finestre rimasero chiuse per un gran pezzo, e allorché si riaprirono, entrarono nelle stanze i muratori che demolivano la casa, per far luogo alla strada nuova, la quale passava di là.

Giorno e notte, dal muro sventrato, si vedevano le stanze nude e abbandonate, colle pitture del soffitto che pendevano, le gole dei camini squarciate e nere. La carta gialla ricompariva sotto la tappezzeria lacera, il segno del letto e le macchie scure, i chiodi sul camino a cui era appeso il grande specchio dorato, il campanello ciondoloni sull'uscio della scala spalancato. Il vento vi faceva turbinare la polvere, la pioggia le inondava, il sole vi rideva ancora sulle pitture, gialle, verdi, azzurre; la luna e la luce dei lampioni vi entravano ogni notte, si posavano sulla macchia unta del letto, sui fiorami dorati del salottino misterioso, scendendo sempre, di mano in mano che il piccone dei muratori si mangiava le rovine.